F.U. Ricardo

Grosser kleiner Mann?
Kleiner grosser Mann!

F. U. Ricardo

Grosser kleiner Mann?

Kleiner grosser Mann!

Ricardo, F.U.
Grosser kleiner Mann? Kleiner grosser Mann!
– 1. Aufl. – 2010
Herstellung und Verlag:
Books on Demand GmbH, Norderstedt (www.bod.de)
ISBN: 978-3-839-15212-6

Erstes Buch

Grosser kleiner Mann?

1

Es beginnt in der weltberühmten Riesenmetropole Rio de Janeiro, auf der „Ilha do Governador", eine der vielen Favelas.

Favelas bedeutet so viel wie der Name eines dort wachsenden Unkrauts! Dies wohl nicht von ungefähr, denn diese Elendsviertel wachsen so schnell wie Unkraut. Wobei deren Bewohner beileibe nicht mit Unkraut verglichen werden dürfen. Im Gegenteil, gerade dort findet man trotz allem Elend und bitterer Armut oft mehr Edles und innerlich Reiches als in den sogenannten Wohlstandsquartieren.

In Rio mit seinen heute etwa 14 Millionen Einwohnern leben schätzungsweise über drei Millionen in diesen traurigen Blech-, Lumpen- und Kartonhütten. Es gibt inzwischen in dieser Riesenstadt gegen tausend verschiedene sich wie Tentakel eines Riesenkraken ausweitende Armenviertel, in denen die jeweiligen Bandenkönige oft grausamer und mächtiger als manche mittelalterliche Potentaten herrschen.

Technisch sind manche auf neustem Stand ausgerüstet mit Satellitentelefon, modernster Computertechnik, mit einem nationalem und internationalem Beziehungsnetz, dass sogar die offizielle Polizei machtlos ist und sich fürchtet, dort auf Streife zu gehen oder einzugreifen.

Vermutlich sind auch deren oberste und mittlere Organe derart gut „geschmiert", dass jede Aktion zuvor gemeldet und darum im Keim erstickt und undurchführbar wird.

Evangelikale Kirchen und deren Prediger oder Pastoren, römisch-katholische Befreiungstheologen, von Rom nicht sehr geschätzt, sind dort oft die einzigen wahren Helden. Aberglaube, Mystik, ein Sammelsurium von Gott und Götter, Verschwörungskulte, mischen sich mit mehr oder weniger frommem Christentum, so dass dies für manche Begriffe nahezu paradox sein könnte, dort aber bedeutet es für viele oft den einzigen Halt und Sinn im armseligen Leben und den einzigen ruhenden Pol.

Nach brutalem Foltern und Töten, nach Rauschgifthandel im Kleinen oder Grossen und für den eigenen Gebrauch, nach allgegenwärtiger Prostitution, gerade durch Suchtabhängigkeit, selbst bei Minderjährigen, nach grausamem und erbarmungslosen Überlebenskampf, nach grauenhaften Delikten und Verbrechen hilft manchen oft nur noch ein frommes Bibelwort zum Einhalt und zum Überdenken, ja sogar zu einem Gebet.

Natürlich keimt in den meisten dieser Armen der Wunsch nach einer Wende, denn selbst in den ärgsten Slums senden die Massenmedien das Bild einer gloriosen Welt, voll Glanz und Gloria, in die Herzen der sonst Hoffnungslosen. Kaum jemand kann wissen, dass diese Bilder niemals die Realität widerspiegeln, die „dort drüben", bei den Reichen oder in den USA oder im fernen Europa vorherrscht.

Karneval und Fussball können zum Träumen anregen, wenigstens vorübergehend. Aber wie lange noch? Wann kommt auch hier ein Aufstand der Massen?

2

Manuel Sabato beherrscht einen für seine Begriffe relativ grossen Teil der Favelas auf jener Insel Governador. Dort gebietet er sogar manchmal über Leben und Tod mancher der Elendsbewohner. Er ist unverheiratet. Aber bei „Bedarf" stehen ihm trotz einer gewissen Frömmigkeit seinerseits und seiner Leute viele junge Schönheiten jederzeit zu Diensten.

Diese sind wie „Orchideen im Dschungel"! Für ein paar Schachteln Zigaretten, für ein Pfund guten Kaffee oder gar eine Flasche Schnaps, für schöne und modische Seidenstrümpfe, für ein paar modische Jeans oder als höchstes Glück für einige Dollars erhält er und andere „Wunder der Zuneigung"! Nur, das wusste Manuel genau, solche Zuneigungen waren nicht echt!

Also ist er einerseits ein grosser und anderseits doch nur ein kleiner Mann!

Aber er wird auch wegen seines Imperiums gehasst! Manuel fürchtet stets um sein Leben. Äusserlich wirkt er zwar souverän und gelassen, ist aber innerlich oft von Angst vor einem grausamen Tod zerfressen. Wachsam blicken darum seine Augen auf alle Bewegungen und Regungen. Bei einem Kribbeln der Haut am Rücken, beim Aufstellen seiner Schnauzhaare, bei einem unguten Gefühl im Bauch, bei einem Ahnen der Gefahr zuckten seine Hände nervös in Reichweite seiner Waffe.

„Eigentlich ist das doch ein Scheissleben!", dachte sich Manuel. „Es mag ja mal ganz lustig sein, dieser Nervenkitzel. Für ein paar Wochen vielleicht! Aber für das ganze Leben? Unvorstellbar!"

„Kann ich meiner Schutztruppe trauen? Was ist, wenn ein kleiner Boss um jeden Preis grösser werden und mich verschwinden lassen will? Auch sogenannte engste Freunde und Aufpasser sind erpressbar und bestechlich. Vermutlich ist jeder Mensch käuflich! Jeder?"

Diese Frage stellte sich Manuel Tag und Nacht voller Misstrauen gegen alle, auch gegen die sogenannten „Orchideen im Dschungel". „Auch diese können auf mich angesetzt und gekauft sein!"

„Wer weiss denn, ob mein Priester, bei dem ich mich oft entlaste und von dem ich manches lerne, nicht auch ein gekaufter Halunke ist? Was ist das nur für eine beschissene Welt! Ich müsste eigentlich längst auf und davon sein! Aber wohin? Schulbildung habe ich praktisch keine, und sogar Lesen und Schreiben machen mir immer noch zuviel Mühe. Teufel auch, aber reden kann ich mindestens so gut wie die Politiker! Zudem soll ja die portugiesisch sprechende Welt sehr gross sein!"

Wenn Manuel redete, so war dies immer Klartext! Was er sagte, das meinte er auch und schaute dabei dem Volk aufs Maul. Dass er damit eigentlich ähnlich handelte wie der Reformator Luther vor fünfhundert Jahren, konnte er freilich nicht wissen.

Manuels flammende Reden und Sprüche waren zwar absolut nicht wohlgeformt, aber simpel, klar und für jeden verständlich in ihrer Botschaft. Die Politiker und Diplomaten konnten sich stundenlang geschliffen und wohlgeformt ausdrücken. Aber am Ende wusste eigentlich niemand, was sie meinten. Diese „Kunst" beherrschte Manuel nicht. Das wollte er auch nicht. „Ich will, wenn ich in den Spiegel schaue, mich nicht vor mir selbst schämen!", konstatierte er.

Diese „Kunst" besass wohl sein Priester, aber er wandte sie nicht an. Nicht mehr, seit er hier in den Favelas wirkte. Priester Engelhardt, welch' ein unaussprechlicher Name für die Zunge von Manuel, kam ursprünglich aus Deutschland. Dies sei eigentlich ein sehr fortschrittliches und schönes Land, erzählte Engelhardt oft. Er war überzeugter Anhänger der Befreiungstheologie geworden und wurde wohl darum auch von der offiziellen Kirche etwas gemieden, wenn nicht gar verabscheut. Aber das war ihm offenbar gleichgültig!

Nun, zunächst musste Manuel an der Trauerzeremonie für zwei gefolterte und hernach erschossene etwa sechzehnjährige Jungs teilnehmen und dort Flagge zeigen. Vermutlich waren die Schweine, die die beiden auf dem Gewissen hatten, auch dabei.

„Also: Augen offen und Ohren steif!", brummelte er vor sich hin auf dem Weg zu einem Friedhof in den Favelas, der diesen Namen kaum verdient.

3

Priester Ernesto Engelhardt führte eine schlichte Trauerfeier durch auf diesem erbärmlichen „Gottesacker" in dieser traurigen und tristen Umgebung. Er wählte das Bibelwort von Paulus: „Christus ist mein Leben, und Sterben ist mein Gewinn!"

Er wusste ganz genau, dass dieses Wort hier nicht zutraf! Christus war absolut nicht Hauptinhalt des Lebens der zwei armen erschossenen Kerle. Und ihr grausamer Abgang? Nun, vielleicht wird dieser in einer anderen und besseren Welt doch ein Gewinn?!

Engelhardt überwand sich also trotzdem, diesen Bibelvers aus einer zerfledderten und abgegriffenen Bibel vorzulesen. Er wusste nur zu genau, dass genau dieses und auch andere Worte der Bibel an manchen anderen und noblen Orten auch nicht zutrafen! „Wenn schon, dann hier vielleicht doch etwas mehr!", schoss ihm der Gedanke durch den Kopf.

So versuchte er, etwas Trost in die Sinnlosigkeit des Lebens und Sterbens dieser zwei jungen armen Kerle zu legen. Nicht eigentlich für sie, sondern für die zum Teil weinenden und zum Teil hasserfüllten und rachesüchtigen Herzen der Trauernden.

„Was also ist das Beste? Welche Religion, welche Meinung und Ideologie, welche politische Partei?" donnerte er, in Eifer geraten über dem offenen Doppelgrab zu dem ärmlichen Haufen der Zuhörer. „Gar nichts nützt im Tode als Christus unser Erlöser! Und dabei schauen wir nicht nur auf den Zuckerhut, unseren weltberühmten Berg mit seiner riesigen Christusstatue, sondern dabei blicke jeder in sein Inneres, ob da nicht doch ein Funke Glauben an IHN vorhanden ist!"

„Ein Menschenleben reicht nicht, um hier die beste oder gar absolute Lösung zu finden! Aber Gottes Erbarmen möge mit den beiden sein!"

„Ob die Leute mich verstanden und begriffen haben? Vermutlich nicht ganz. Was soll's!", murmelte Engelhardt vor sich hin, als er die Zeremonie am Grab vollendete. Er vermutete auch, dass nach der Trauerfeier die beiden schlichten Holzsärge wieder aus dem Loch herausgenommen wurden, um diese nochmals zu verwerten und zu verkaufen für die nächsten Toten, die gewiss bald „geliefert" wurden.

„Irgendwie kommen mir diese Bretter der Särge doch sehr bekannt vor! Aber eben, was soll's? Sogar dem Musikgenie Wolfgang Amadeus Mozart soll in Salzburg dieses Schicksal widerfahren sein!"

Irgendwie doch getröstet gingen die hudelarmen Leute wieder in ihre Blech- und Bretterhütten zurück. Wenigstens hat hier heute ein Priester gebetet, was früher oft nicht der Fall war. Und Manuel gelobte sich, den beiden ein schlichtes Holzkreuz zu spenden. Ein „Luxus", den sich hier nicht viele leisten konnten. „Und den Hinterbliebenen erhalten von mir einige Harrasse Bier!" Eine Gaumenfreude, die auch selten war.

Diesmal hörte Manuel nicht auf die Worte des Geistlichen, denn er fotografierte die ärmlichen und doch erstaunlicherweise sauber gekleideten Teilnehmer. Wie und wo nur konnten die Leute hier ihre wenigen Kleider waschen? In den braunen Pfützen, die oft von Fäkalien stanken und Brutstätten von Bakterien und Seuchen waren?

Die Trauerversammlung stand so dicht gedrängt auf einem Haufen zusammen, dass Manuel unmöglich jedes Gesicht mit seiner Minikamera festhalten konnte. Selbst Vergrösserungen auf seinem Laptop brachten nichts! Er besass als einer der Wenigen ein neues Modell. Hightech macht nicht mal mehr vor den Favelas Halt, aber eben nur bei einzelnen „Auserwählten".

„Hier ist aber doch eine Visage, die ich von irgendwoher kennen muss!", murmelte Manuel vor sich hin, als er nach der Trauerfeier in seinem Haus die Fotos erneut durchsah. „Und dieses Gesicht hat bei dieser Beerdigung meines Wissens nichts zu suchen!"

„Ein Konkurrent? Ein Bandenboss? Ein Drogenkurier oder gar Händler?" Angestrengt zogen in seinem Hirn Gesicht an Gesicht vorbei. Dabei klickte er seine eigens angelegte Kartei möglicher Gegner im Laptop durch. Nach viel Fluchen und sogar ein wenig Beten wurde er fündig.

„Amilcar Belisario! Natürlich, dieser feige Hund! Er ist zwar wesentlich dicker geworden, und sein versoffenes und aufgedunsenes Gesicht ist gegenüber früher kaum mehr zu erkennen. Aber er ist's! Warte Kerlchen, dir werde ich einen Besuch abstatten, der für dich sehr ungemütlich werden wird!", gelobte sich Manuel.

„Christen sollten sich zwar an das Gebot der Liebe halten, aber Ausnahmen bestätigen die Regel. Dieser Hundsfott hat keine Berechtigung mehr zu leben, wenn er am Tod dieser Jungs schuldig ist!"

4

Das unheimliche und unglaubliche Wirrwarr durch schlammige und teils stinkige Wege, denn der Name Gasse oder gar Strasse verdienen diese traurigen und verwinkelten Pfade, in denen Kinder mit Blechbüchsen Fussball spielten und abgemagerte Hunde herumschnüffelten, wirklich nicht, war für Manuel wenigstens am Tag kein unlösbares Problem. Er war hier aufgewachsen und kannte fast jeden Winkel. Obschon es hier keinen Stadtplan, keine Strassennamen, keine Hausnummern gibt, und sich das Bild der Hütten nahezu täglich verändert.

Überall starrte ihm Armut ins Gesicht, und überall starrte Manuel auf hungernde Kinder. Einige dieser armen Geschöpfe starrten ihn ihrerseits mit leerem Blick an, weil Augenkrankheiten und sogar Blindheit sehr verbreitet sind. „Was könnte hier ein Augenarzt ausrichten, und was zum Beispiel sauberes Wasser! Ich muss und ich will was tun!", gelobte er sich.

„Es ist einfach zum Verrücktwerden, wenn man sieht, wie mit wenigen Millionen Dollars hier die schlimmste Not behoben werden könnte, wie man aber von höchsten Stellen die Augen verschliesst vor diesem Elend und lieber den hundertfachen Betrag in die Rüstung steckt. Wo ist denn unser Feind? Genau hier wächst er heran!"

„Aber viele sogenannte vaterlandsliebende Politiker haben Angst, dass bei effektiver Hilfe noch weitere Millionen armer Menschen angezogen werden. Dabei kommen diese ohnehin. Und die Favelas wachsen weiter! Auch für Wirtschaft und Industrie ist hier kein interessantes und lukratives Geschäft zu machen. Die Gewinnmargen sind hier gleich null!"

Manuel fand das bedeutend bessere und grössere Haus von Belisario nun doch erst nach mehrmaligem Fragen. Schliesslich wurde er von einer lärmenden Horde Kinder zu dessen Haus begleitet, die wohl seine Ankunft ankündigten, bevor er sich wie ursprünglich geplant dort unbemerkt einschleichen konnte.

„Warum denn nur haben die Leute immer noch so viele Kinder", fragte sich Manuel. „Neunundneunzig Prozent dieser Bälger hat doch sowieso keine Zukunft!"

Freilich, was haben denn die armen Leute vom Leben als den Reichtum an Kindern? Und würde man mit ihnen über Verhütungsmittel reden, würde jeder ausgelacht. Entweder mit der Frage, was denn dies sei oder aber: Wer soll dies bezahlen?

Auch wenn man mit den Ansichten der offiziellen katholischen Kirche daherkäme, auf Verhütungsmittel zu verzichten, so würde hier kaum jemand verstehen und begreifen, was Rom damit genau meint! Die Russen sagten früher: Moskau ist weit! Und die Gläubigen hier würden vermutlich ähnlich reagieren: Rom ist weit! Und wenn der Heilige Vater mal in das Land und in die Stadt kommt, dann gewiss nicht in die Favelas!

Der „ehrenwerte" Herr Amilcar Belisario stand breitbeinig und misstrauisch vor seinem Haus und äugte ziemlich giftig und misstrauisch, wie Manuel schadenfreudig bemerkte, erst auf den Haufen Kinder und dann auf ihn.

„Erkennt mich dieses Ekel wohl? Einerseits gönne ich ihm den Schreck, aber zum andern wäre es für mein Vorhaben besser, wenn er mich nicht sofort einstufen kann!"

„Guten Tag, Manuel Sabato! Suchst du mich?" Bei dieser Anrede schreckte dieser aus seinen Gedanken auf.

„Also hat er mich doch erkannt! Eigentlich logisch!"

Zu Belisario gewandt meine Manuel etwas eisig: „Ich mag mich nicht daran erinnern, dass wir miteinander Schweine gehütet zu haben, Senhor Amilcar Belisario! Wir sind nicht per Du miteinander!"

„Oh pardon, Senhor! Aber in gewissem Sinn hüten wir doch beide viele Schweine, einfach nur Zweibeinige, hahaha!", meckerte Belisario.

„Ich will mit Ihnen sprechen. Aber zu Ihrem eigenen Vorteil nicht vor aller Ohren. Ich will zu Ihnen ins Haus!"

„Sie *wollen?* Nein, Sie *dürfen!* Ausnahmsweise habe ich heute meinen gastfreundlichen Tag!" Mit einer spöttischen Verbeugung und einer ausladenden Handbewegung wie an einem königlichen Hof wies er Manuel den Weg zur Tür.

Drinnen im ziemlich mit Krimskram überladenen Wohnraum schaukelte aufreizend eine kaffeebraune brasilianische Schönheit in einer Hängematte. Die Kleidungsstücke, die ihren makellosen Körper dürftig bedeckten, würden zusammengenäht knapp ein kleines Taschentuch ergeben.

„Kleiner Karneval in Rio, auch durchs Jahr, Sie verstehen, Senhor! Geh' ins Nebenzimmer, kleine Hexe! Dies ist ein Gespräch unter Männern!", meinte Belisario zu der Kaffeebraunen.

Als diese missmutig hinausschlich und dabei Manuel mit lasziven Bewegungen ihre Reize vorführte, meinte Belisario: „Nun, Senhor, wie laufen Ihre Geschäfte?"

„Keine Konversationen und Höflichkeitsfloskeln! Kommen wir zum Geschäft", zischte Manuel, hechtete dabei blitzschnell hinter Belisario und legte ihm eine Drahtschlinge um den Hals. Als dieser sich reflexartig bewegte und wehren wollte, zog Manuel derb an, so dass Belisario aufheulte wie ein Tier. Seine Adern schwollen an, sein Gesicht wurde puterrot und die Augen schienen aus seinem Schädel zu fallen. Er wehrte sich mit einer Bullenkraft, aber gerade diese Bewegungen schnitten ihm die Schlinge millimetertief in den Hals.

„Loslassen", krächzte und heulte er. „Ich sag dir alles, was du willst!"

Durch die Schreie wurde die Kaffeebraune aufgeschreckt und stürzte zurück ins Wohnzimmer. Schnell die neue Situation erfassend, meinte sie zu Manuel flehend: „Rette mich vor diesem Scheusal!"

Dieser lockerte die Schlinge, und die ersten gurgelnden Worte Belisarios galten nicht etwa ihm, sondern seiner Geliebten: „Ein Scheusal bin ich also? Dafür wirst du mir büssen, du Luder!"

Seine gekränkte Männlichkeit und Eitelkeit schmerzte ihn interessanterweise noch mehr als Manuels Überraschungsangriff und die ihm zugefügte böse und höllisch schmerzende Wunde.

Dies benutzte Manuel, um mit einigen weiteren geschickten Handgriffen den völlig perplexen Belisario an Händen und Füssen zu fesseln und zu Boden zu schicken.

„Hauen Sie ab und retten Sie ihr Leben!", meinte er zur leicht bekleideten Dame. „Vielleicht haben Sie ja noch was zum Überziehen, damit Sie auf der Strasse nicht eine Vergewaltigung erleben!"

Und Belisario gurgelte zu Manuel: „Du bist halt doch ein Idiot! Glaubst du wirklich im Ernst, dass meine Bodyguards nicht demnächst aus dir Hackfleisch machen? Ich bin nur für einige Minuten allein gelassen, dass ich mit dieser kleinen Schlampe ein Spielchen machen konnte. Diese rennt nun um ihr Leben da draussen. Und meine willigen Helfer stehen sicher schon auf der Treppe meines Hauses!"

„Glaubst du denn wirklich, ich sei ohne ‚meine Infanterie' zu dir gekommen?", war die schlagfertige Antwort Manuels. „Das ist eine deiner grössten Schwächen, neben deinen blöden Weiberorgien, dass du deine Gegner für dumm hältst. Das ist lebensgefährlich!"

5

„Du bist wirklich ein Scheusal, Belisario! Eigentlich müsste man dich zertreten wie einen Mistkäfer. Aber dann müsstest du zu wenig leiden. Also lasse ich dich leben. Es kommt nur auf deine Gesprächigkeit an, wie du weiter vegetierst?"

„Du willst Gott spielen, nicht wahr", stöhnte Belisario. „Aber täusche dich nicht! Meine Männer sind wirklich sehr bald da!"

„Meine auch! Willst du einen Bandenkrieg? Du kannst ihn haben. Du willst also an meinem Stuhl sägen, du Idiot? Und du merkst nicht, das du selbst am Ast sägst, auf dem du sitzt!"

„Was willst du von mir?", äugte Belisario nun ängstlich um sich blickend, weil seine Truppe tatsächlich immer noch nicht auftauchte.

„Nur die Namen deiner Henker, die meine beiden jungen „Soldaten" Jorge und Antonio gefoltert und umgebracht haben!"

„Damit habe ich nichts zu tun!"

„Sieh mal einer an! Du kennst also doch ihre Namen! Warum sah ich dich denn bei der Beerdigung der beiden? Natürlich, aus lauter Mitgefühl!" Bei diesen Worten stiess Manuel seinem Widersacher die Faust derart ins Gesicht, bis dieser blutete. Er sah mit Genugtuung, wie Belisaro einige gebrochene Zähne ausspuckte und seine Mundhöhle einen kleinen blutigen Krater glich.

„Also, die Namen! Solange du noch reden kannst! Und zwar die echten und rechten Namen. Sonst verbringst du den Rest deines erbärmlichen Lebens an Krücken oder im Rollstuhl!"

„Ich kenne die Täter nicht", lallte Belisaro.

Nach zwei gebrochenen Fingern und weiteren zum Teil scheusslichen Drohungen murmelte er schliesslich: „Aurelio und Casimir!"

„Familiennamen?"

„Keine, das kennst du doch! Sie sind alle wie wir auf der Strasse und im Dreck aufgewachsen!"

Ohne ein weiteres Wort und ohne einen Blick verliess Manuel das Haus. Er überlegte sich ernsthaft, ob er nicht Feuer legen sollte.

„Aber durch den Brand des Hauses könnten viele Unschuldige zu grossem Schaden kommen und Dutzende von Hütten abbrennen", murmelte er vor sich hin.

„Schliesslich fordert hier das grausame Gesetz des modernen menschlichen Dschungels täglich genug Opfer!"

Innerlich fröstelnd und traurig, von seinem Rachefeldzug absolut nicht befriedigt, zog er davon.

6

Nachdem Manuel seinen Söldnern Auftrag gab, die beiden Mörder und Peiniger von Jorge und Antonio zu suchen und zu liquidieren, schnell und schmerzlos, ohne vorherige Quälereien, schlich er zu seinem Priester Ernesto Engelhardt. Sein unchristliches Verhalten wollte er durch eine christliche Beichte oder etwas Ähnliches wieder ins Gleichgewicht bringen.

Engelhardt empfing ihn in echtem und vermutlich auch heiligem Zorn. „Du hast wenig oder nichts von mir gelernt, Manuel! Ist Belisaro tot?"

„Nein, nur etwas verletzt! Aber die Gerechtigkeit verlangt dies von mir!", verteidigte sich dieser.

„Welche Gerechtigkeit?", brüllte zum Erstaunen Manuels der sonst doch eigentlich sanfte Mann Gottes. „Du spielst Gott, aber das steht dir nicht zu! Also gut, tot ist der Kerl nicht. Aber vermutlich bald seine Schergen, die deine Jungs umgebracht haben."

„Möglich!", meinte Manuel verbissen.

„Möglich?", äffte Engelhardt nach. „Nein, sicher! Und du trägst die Schuld am Tod zweier weiterer Menschenleben. Wann begreift ihr endlich, dass ‚Auge um Auge, Zahn um Zahn', also das Alte Testament, abgelöst wurde durch Christus? Wie heissen die deiner Ansicht nach Schuldigen?"

„Aurelio und Casimir!"

„Gib sofort den Befehl, die beiden zu verschonen. Sonst verweigere ich dir die Beichte und die Absolution!"

„Zu spät! Die Gerechtigkeit nimmt bereits ihren Lauf!"

„Gerecht nennst du das? Eine Spirale der Gewalt, die sich ununterbrochen dreht und hochschraubt? Siehst du denn nicht, dass immer wieder das gleiche blödsinnige Spiel getrieben wird? Nein, es ist kein Spiel, es ist der Teufel selbst, dessen Werkzeuge ihr alle seid!", wetterte Engelhardt weiter.

„Ach, der arme Teufel!", erwiderte Manuel. „Der muss an so vielen Dingen schuld sein, für die er doch gar nicht verantwortlich ist!"

„Hör auf mit deinem idiotischen Philosophieren, obschon du gar nicht so unrecht hast. Direkt ist er vielleicht gar nicht verantwortlich, aber indirekt! Der weise Sirach hat doch recht mit seinem Ausspruch, dass der vermaledeite Neid die Wurzel allen Übels ist!"

„Hat Sirach solche Wörter wie ‚vermaledeit' wirklich gesagt?", fragte verschmitzt und bereits wieder etwas gefasst Manuel seinen Beichtvater.

„Du könntest demnächst in eine Jesuitenschule eintreten", konterte dieser zurück.

„Was sind Jesuiten?"

„Nichts für dich!"

„Also vielleicht doch?"

„Hat nicht vor ungefähr 2000 Jahren einer mal etwas von Liebe, Verzeihung, Frieden, ja, gar Erlösung gepredigt? Gewiss, mit jenem Evangelium wurde viel Schindluder getrieben. Und viele entsprechende Institutionen haben schmählich versagt. Aber alle? Wohl kaum, denn eine Orientierungshilfe bietet diese Lehre auch heutzutage immer noch", meinte Priester Engelhardt das Thema wechselnd zu Manuel.

„Vermaledeite Scheinwelt, in der hier so viele leben und es doch nie zugeben!", erwiderte Manuel. „Jeder will den anderen übertreffen an Einfluss und Macht. Und niemand will begreifen, dass wir eigentlich alle arme Hunde sind!"

„Junge", antwortete Engelhardt seinem Schützling, „mit solchen Einsichten trotz wenig Schulbildung, aber im Grund genommen mit einer ehrlichen Haut, solltest du hier einfach mal verschwinden und in der weiten Welt Erfahrungen sammeln. Du lernst schnell, wie mir das Wort ‚vermaledeit' erneut beweist. Kaum einmal gehört, verwendest du es bereits!"

„Komm dann nach einem Augenschein und einer Art Lehrgang in dieser weiten und grossen Welt zu uns zurück und arbeite hier in diesem Haufen Mist, der aber im Grunde genommen voller ehrlicher Herzen ist. Baue dann für viele hier eine neue Zukunft auf. Ich glaube, du bist zu solchen Aufgaben fähig, wenn nicht gar berufen. Wir Priester schaffen dies alleine nie und nimmer."

„Also, heute keine Beichte, Manuel! Dieses Gespräch bringt mehr! Denk über alles nach. Wenn du einen Knoten in deinem Hirn und Herzen hast, komm zu mir, und wir sprechen weiter. Denke einfach mal daran, dass sogar heute noch in der weiten Welt über 250 Millionen Menschen portugiesisch sprechen! Und etwas Englisch verstehst du ja auch! Komm jetzt, wir trinken einen Tequila, und bitten zuvor Gott um Gnade und Vergebung!"

Solche „Predigten" gibt es selten! Aber vermutlich oft in den Favelas und in manchen anderen Slums dieser Welt. Dort würde man Ähnliches gewiss oft antreffen! Nur werden solche Predigten, die nicht weit vom wahren Evangelium entfernt sind, leider nicht aufgeschrieben und verbreitet.

7

Das portugiesische Reich war das erste *globale Weltreich* überhaupt! Wer nicht sehr geschichtskundig ist, kann dies kaum glauben. Vor allem, wenn man schon in der Antike an Alexander den Grossen, an das römische Imperium und vieles andere denkt. Aber hier geht es um das erste *globale Weltreich!*

Es begann 1415 mit der Eroberung von Ceuta in Nordafrika. Dies war nicht von ungefähr. Nordafrika, also auch das heutige Marokko galt damals als Getreidelieferant par excellence! Heute ist dies kaum mehr vorstellbar.

Aber das kleine Volk der Portugiesen mit damals rund einer Million Einwohnern wurde mehr und mehr zu einer Seefahrernation. So waren viele Arbeitskräfte gebunden im Bau von Schiffen. Die Bevölkerung benötigte aber auch Getreide, um nicht zu verhungern.

Bereits 1498 suchte Vasco da Gama den Seeweg nach Indien. Um es kurz zu machen: Portugal baute als erste Nation, also noch vor den Spaniern, ein Weltreich auf, das heute noch erstaunt. Kolonien in Amerika, Afrika, Arabien, Südostasien und China zeugen gegenwärtig noch davon, wenn auch oft nur noch in Form von alten verfallenen Kastellen und alten verrosteten Kanonen!

Man erzählt sich aus jener Zeit, dass von zehn auslaufenden Karavellen nach zwei oder drei Jahren Entdeckungsfahrten ganze drei heil zurückkamen, aber voll beladen mit Gewürzen, mit Gold und Silber. Die anderen kamen um durch Sturm, Epidemien, Piraten, Meuterei oder wurden von Eingeborenen niedergemacht. Trotzdem: Was die drei Schiffe nach Lissabon zurückbrachten, war Anreiz genug, bereits eine neue Expedition zu planen.

Und dies alles von einem kleinen Volk eines kleinen Landes mit damals knapp einer Million Menschen!

Manuel entschied sich nach vielen Recherchen über die ehemaligen Kolonien in das Mutterland selbst, also nach Portugal zu reisen, um zu sehen und zu lernen. Die vielen Gesuche, der ganze Papierkrieg, später auch die Einreiseformalitäten, die Banktransaktionen, kosteten Zeit und Nerven. Engelhardt half dabei tüchtig mit.

Der Abschied in den Favelas, insbesondere von Priester Ernesto Engelhardt, verursachte vielseitige Wehmut. In den Elendsvierteln von Rio war Manuel für dortige Verhältnisse ein steinreicher Mann. Aber er sollte erleben, dass sein Vermögen in der alten und für ihn jetzt neuen Welt bald schmolz wie der Schnee an der Märzsonne.

Zum ersten Mal in seinem Leben zwängte er sich in ein Flugzeug Es war ihm mulmig und unheimlich zumute, sich in diesen Blechvogel für viele Stunden gefangen zu fühlen. Daran änderten auch eine hübsche und freundliche Stewardess und das Essen und Trinken nichts, obschon er sich Business-Class leistete.

Jedes unbekannte Geräusch liess ihn aufschrecken. Und für ihn waren eigentlich alle Geräusche unbekannt. Bei den kleinsten Turbulenzen meinte er, abzustürzen und zu sterben.

„Das ist ja ein Dutzendmal gefährlicher hier als in den Favelas!", flüsterte er ziemlich ängstlich vor sich hin.

„Fliegen Sie zum ersten Mal, Senhor?", fragte ihn die Stewardess freundlich. „Keine Sorge, Sie sind hier sicherer als auf jeder belebten Strasse!"

„Was haben denn diese Portugiesen für eine Sprache? Soll das portugiesisch sein?", fragte sich Manuel. „Die verschlucken ja die Hälfte der Sätze! Man kann kaum etwas verstehen!"

Mit Schrecken dachte er zurück an die Menschenmassen auf dem Flughafen in Rio. Dieses Gewimmel und Gehetze! Dieses fürchterliche Durcheinander! Riesige Hallen, endlose Gänge, Hunderte von Hinweisschildern, Shops, Lautsprechergekrächze. Es war grauenhaft, bis er sich endlich zu seinem Gate durchgefunden hatte. „Da ist das Leben in den Favelas ja viel geordneter und geradezu gemütlich."

Ziemlich, nein, total durcheinander schlich er sich nach Ewigkeiten durch das Fingerdock in die Maschine, die ihn nach Lissabon bringen sollte.

Nach einer längeren Zeit im Flugzeug wurde er wenigstens äusserlich etwas ruhiger, weil Manuel die Fähigkeit besass, sich relativ schnell anzupassen. Und nicht zuletzt auch, weil der rubinrote und erdige portugiesische Wein in ihm eine wohlige Müdigkeit erzeugte. Er schlief sogar ein!

Die Stimme des Piloten riss ihn in die Wirklichkeit zurück. Sie liess mit gleichgültiger Stimme die Passagiere wissen, dass sie in etwa zwanzig Minuten in Lissabon landen würden und sich bitte alle wieder anschnallen sollen. Auch die Toilette sollte nun nicht mehr benutzt werden. „Vielen Dank, dass Sie mit TAP geflogen sind. Wir würden uns freuen, Sie bald wieder an Bord einer unserer Maschinen begrüssen zu dürfen …"

„Toiletten?", schoss es Manuel durch den Kopf. „Ja, ich müsste eigentlich dringend! Aber wie und wo? Wenn ich frage, mache ich mich lächerlich! Also verklemmen!" Aber auch das kann zu Höllenqualen führen, nicht nur die Flugangst!

Das grosse Staunen ging nach der Landung Stunde um Stunde weiter. Manuel sah zum ersten Mal den

Tejo und das riesige Häusermeer von Lisboa. „Hier also gingen Tausende Abenteurer an Bord und schifften ins Ungewisse. Von hier aus wurde ein Weltreich besonderer Grösse geschaffen!"

8

Bald bemerkte der an Schulbildung etwas arme, aber an Intelligenz und Schlauheit begabte Manuel Sabato, erstmals in seinem Leben auf europäischem Boden, dass manches grossartig und erstaunlich, aber oft auch eine Scheinwelt ist. In den Favelas ging es gewiss manchmal grausam oder gar grauenhaft zu, aber oft auch ehrlicher. Hier wurden manche Leute auf elegantere und gerissenere Art betrogen und richtiggehend beschissen.

Er sah auch bald, dass der Wohlstand sich auf wenige Portugiesen beschränkte, und dass in Stadt und Land noch manche Leute ums Überleben kämpfen. „Arme Teufel gibt es also auch hier zuhauf!"

Der Wohlstand kam nicht mehr von den früheren mit Gold und Silber und kostbaren Gewürzen gefüllten Karavellen, die zurückkehrten aus der neuen Welt, sondern von der EU, von der globalisierten wirtschaftlichen Verflechtung und nicht zuletzt auch von harter Arbeit Hunderttausender Portugiesen im

Ausland, die ihre Lieben zu Hause unterstützten – also Handel auf andere Weise als vor Hunderten von Jahren.

Manuel vermutete stark, dass in der sogenannten „Unterwelt" auch hier viel Geld gemacht wird mit Drogen und Prostitution. Natürlich nur „notgedrungen", weil die vielen Touristen und Sonnenhungrigen aus nördlich gelegenen Ländern diese Bedürfnisse anscheinend mit sich brachten. Wirklich manchmal eine Scheinwelt und eine Doppelmoral auch hier.

„„Es ist doch überall ähnlich! Und das Wesen der Menschen auch! Die Macht des Kapitals, der Medien, die manchmal ungezügelten Sexualtriebe. Und dann der Filz zwischen Politik und Wirtschaft!"

Irgendwann hörte Manuel mal den Ausspruch, dass ein römischer Kaiser vor zweitausend Jahren gesagt haben soll: „Gebt dem Volk Brot und Spiele!" Diese Beruhigungspillen und Ablenkungsmanöver sind heute perfektioniert geworden!"

Mit solchen Gedankengängen wurde Manuel geradezu ein kleiner Philosoph, ohne dies zu realisieren.

Nur, das Philosophieren nutzte ihm wenig, denn seine Bankkonten begannen schon ein wenig zu schmelzen! „Ich muss einen Job finden! Aber was und wo? Ich habe ja eigentlich nichts gelernt!" Eine Idee aber schoss ihm durch den Kopf unter dem Begriff „Brot und Spiele"!

„Ich sehe hier in dieser Stadt Touristen ohne Zahl, denen das Geld locker sitzt. Mit Rauschgift will ich nichts mehr am Hut haben. Aber es gibt Restaurants aus gut und gern zwanzig verschiedenen Ländern, mit sogenannten Kochkünsten von Japan, China, Thailand, Italien, Griechenland, Deutschland, Frankreich, bis hin zum amerikanischen Schnellimbiss Pizza Hut und McDonald's!"

„Ich sehe hier kaum ein Restaurant mit typischer brasilianische Küche", dachte sich Manuel. „So zum Beispiel das zu Hause so bekannte und beliebte Nationalgericht ‚Feijoada'."

Dieses stammt ursprünglich aus der Küche der afrikanischen Sklaven. In einem Eintopf wurden früher Reste verarbeitet, welche die Herrschaft den Sklaven überliess, wie Schweinsohren, Rüssel, Füsse und Schwanz; vom Rind die Zunge und sogar gewisse Innereien. Alles zusammen gekocht mit Bohnen, Reis und Blattgemüse, verfeinert mit Öl und Knoblauch! Bei den grossen schwarzen Bohnen muss vielleicht damit gerechnet werden, dass in einzelnen auch ein Wurm drin steckt und mitgekocht wird. Also Fleisch gratis dazu! Das klingt für manchen grauenvoll, schmeckt aber trotzdem zugleich auch verführrerisch!

Beim Genuss dieser ehemaligen ‚Sklavenspeise' sagt man grinsend, sollte sicherheitshalber auch immer die Ambulanz an der Tür bereitstehen!

Es ist doch wirklich bei kulinarischen Spezialitäten überall ähnlich! Früher waren in Europa die Pilze „das Fleisch der armen Leute". Und heute sind Pilzgerichte oft teurer als Fleisch!

„Also", gelobte sich Manuel mit festem Vorsatz: „Ich eröffne ein Restaurant mit brasilianischer Küche! Aber wo? Hier in Lissabon? Nein, denn inzwischen habe ich in teuer bezahltem Nachhilfeunterricht manches über Europa gelernt. Auch, dass viele Portugiesen in der Schweiz und in Deutschland ihr Glück versuchten und Arbeit fanden. Vor allem dieses kleine Land im Herzen Europas soll ein kleines oder gar grosses Paradies sein!"

Vor allem hatten es Manuel die Informationen über die italienisch sprechende Schweiz angetan. Erstens lernt man als Brasilianer eher eine verwandte lateinische Sprache als Englisch, Deutsch oder Russisch. Und zweitens sah er in der kleinen Pension in Lissabon, die von einem Schweizer aus Lugano geführt wurde, wirklich verlockende Bilder aus jener Gegend. Lugano mit seinem verzweigten See, eingebettet zwischen dem San Salvatore und dem Monte Bré, irgendwie erinnerte dieses Bild Manuel an seine Heimat Rio, einfach ohne Favelas, einfach viel kleiner, aber vermutlich viel feiner!

„Erst eine Einreisegenehmigung, dann eine Niederlassungsbewilligung und dann eine Arbeitsbewilligung für die Schweiz und für Lugano!", nahm sich Manuel vor. Die Hotellerie dort braucht stets und ständig neue Arbeitskräfte. Und dann irgendwo dort ein Restaurant eröffnen mit der Headline: ‚Wollen Sie mal essen gehen wie früher die Sklaven in Brasilien?' Wenn dieser Titel nicht zieht, was denn sonst? Die verwöhnten Gourmets und Gourmands wollen doch immer was Neues! Diese Leute müssen sich nicht fragen: Was bekommen wir morgen zu essen? Nein, sie fragen sich: ‚Was haben wir noch nie gegessen'?"

Sehr einverstanden mit seinen Plänen war eine gewisse Rosita, Kellnerin in jener Pension, die Manuel näher und näher kennenlernte. So nahe schliesslich, dass die beiden nur noch zusammen ein neues Leben beginnen wollten. Sie liebten sich mit ganzem Herzen und auch zum „Auffressen"!

Rosita Calvares stammte wunderbarerweise auch aus Brasilien, wenn auch aus der Riesenmetropole São Paulo. Wie Manuel hatte auch sie das Land aus ‚unerfindlichen Gründen' verlassen. Die offizielle Version der beiden lautete ungefähr: „Es war uns nicht mehr wohl in diesen Megastädten, die wie ein riesiger Kraken seine Tentakel überallhin ausbreitet!" Die inoffizielle Version? Darüber sprachen sie nicht! Vorläufig nicht, denn beide wollten die Vergangenheit abstreifen wie ein altes Kleid. Nur, ob das geht?

9

Die landschaftlich wirklich einmalige Gegend in und um Lugano ist trotz Finanzplatz und Touristenrummel immer wieder ein Traum! Man kann alles vermiesen, gewiss! So meinte mal ein Einwohner aus Lugano: „Wenn alle Italiener ihre Gelder aus Lugano abziehen, so kann man den ‚ganzen Laden' für wenige tausend Franken kaufen!"

Nur, erstens ziehen nicht alle Italiener ihr Geld dort ab. Wozu auch? Und zweitens haben dort auch andere Krösusse, aber auch ein gesunder Mittelstand ihre Anlagen gut platziert. Drittens: Der Reiz des Südens, gepaart mit Schweizer Verlässlichkeit, Stabilität, Verschwiegenheit, Sauberkeit und Pünktlichkeit wird immer noch sehr geschätzt.

Unbestritten ist der der Reiz der Landschaft mit südlichem Flair, mit Lebensfreude, die grossartige Vielfalt der Tessiner und der italienischen Küche, die kleinen Traumziele wie der Monte Bré und der San Salvatore, der flimmernde und glitzernde Lago, einmal funkelnd wie Millionen Diamanten, einmal träge wie geschmolzenes Blei im Mondlicht, verträumte kleine Orte wie Morcote oder Gandria, die verschwiegenen Seitentäler, die Rusticos und Tavernen, die Grottos in den Kastanienwäldern oder das mondäne Leben in der Via Nassa und an den blumengeschmückten Promenaden vom Lido bis nach Paradiso! Einfach viel mehr als nur die kalte Bankenwelt aus Glas, Beton und Stahl mit ihren nervösen Anlageberatern in den Teppichetagen!

„Ist nun hier alles wirklich echt?“ Einfach nicht fragen! Einfach geniessen! Manuel saugte die vielfältigen neuen Impressionen förmlich in sich auf wie ein trockener Schwamm das Wasser. „Sicher, die Copacabana in Rio ist viel imposanter, die ganze Szenerie grösser und mächtiger. Hier ist alles irgendwie kleiner, aber feiner. Und vor allem: Hier gibt es nicht jährlich Tausende Tote durch Bandenkriege!

Trotz heutiger totaler Information oder gerade deswegen nimmt aber das allgemeine Wissen vieler Leute mehr und mehr ab. Vielleicht gerade wegen der Überfütterung mit diesen vielfach unnötigen, unmöglichen und teils auch erfundenen Informationen.

Da schrieb doch tatsächlich ein Journalist, nicht aus Paraguay oder Usbekistan, sondern aus Grossbritannien, die kleine Schweiz sei schon ein interessantes Land. Da gebe es doch in diesem Acht-Millionen-Volk vier offizielle Landessprachen. So heisse zum

Beispiel Lugano in der italienischen Schweiz auf Französisch Lausanne und auf Deutsch Luzern!

Das sind ja wirklich grossartige Recherchen!

10

Manuel und Rosita erlebten in Lugano und in der ganzen italienischsprachigen Schweiz einen kleinen Kulturschock, aber im umgekehrten und somit positiven Sinn! Auch wenn sie hier gewisse Ungerechtigkeiten und Ungereimtheiten, gelegentlich eine winzigkleine kriminelle Handlung, ja sogar versteckte Armut neben unermesslichem Reichtum feststellen mussten, war es hier für sie doch das reinste Paradies. Erstaunt stellten sie aber fest, dass trotzdem viele Menschen griesgrämig und unzufrieden waren und eine Leere in Kopf und Herzen festzustellen war.

„Mensch, alle diese Leute sollten mal für ein Vierteljahr in irgendwelchen Slums leben. Ich glaube, die meisten kämen ‚bekehrt' und gerne zurück!", konstatierte Manuel. „Rosita, in Rio war ich in den Favelas ein sogenannter grosser Mann und hier nur ein unscheinbarer kleiner Mann! Aber ich bin hier glücklicher!"

„Hoffentlich für immer!", meinte Rosita, etwas verträumt.

„Solange wenigstens, wie du bei mir bleibst! Du weißt, ich hätte in Rio jede Menge bildhübsche Frauen um mich haben können. Aber meist waren diese innerlich hohl und nur auf meine Macht und mein Geld aus. Deine Augen, deine Wärme, dein fröhliches Lachen aber machen mich innerlich reich und glücklich!"

„Wirst du zu einem Dichter?", lächelte sie. „Bildhübsche Frauen *hättest* du um dich haben können? *Hättest du oder hast du?,* grosser kleiner Mann?"

„Bleibt mein Geheimnis, um dich etwas zu quälen und eifersüchtig zu machen und auch an mich zu binden!"

„Du bist doch ein kleines, aber manchmal liebenswürdiges Scheusal", erwiderte Rosita und liess ihn mit einem langen und heissen Kuss nicht zu einer Antwort kommen.

Dieser löste in der Folge natürlich noch ganz andere Regungen aus. Sogar bevor der Mond, der alte Verbündete der Liebenden, mit seinem Licht die ganze Landschaft in Silber tauchte.

11

Die beiden lernten recht schnell die italienische Umgangssprache. Nicht alle lateinischen Sprachen sind sich so ähnlich wie Portugiesisch, Spanisch und Italienisch. So hat man bald einen kleinen Wortschatz beieinander, wenn sich auch in der Satzbildung oft Wörter der Muttersprache einschleichen können.

Die Frage bleibt immer ungeklärt, welches nun die schönste dieser drei Sprachen sei, das vokalreiche und melodische Italienisch, „la lingua di angeli", oder doch die mit der Muttermilch aufgenommene Heimatsprache.

Sie lernten aber auch sehr bald, selbst hier im Tessin, dass der Amtsschimmel wie überall wiehert. Vielleicht noch perfekter als zu Hause? Ihr Traum eines brasilianischen Restaurants verzögerte sich noch und noch. Sie brauchten zunächst eine Aufenthaltsbewilligung, dann eine Arbeitsbewilligung, dann ein Wirtepatent, eine Bewilligung für Alkoholausschank. Zu allem und jedem gab es entsprechende Ämter, deren Mitarbeiter meist ziemlich reserviert ihren enthusiastisch vorgetragenen Ideen zuhörten. Oder nicht!?

Sollten eines Tages alle diese Hürden genommen sein, so braucht es zur Einfuhr brasilianischer Spezialitäten eine Einfuhrbewilligung und dazu logischerweise eine durch verschiedene Amtsstellen geprüfte Lebensmittelkontrolle. Benötigt würden auch frühere Arbeitszeugnisse, frühere Aufenthalts- und Wohnadressen sowie natürlich Referenzen.

Referenzen? Solche konnten sie nun wirklich nicht aufbringen. „Doch, halt", sagte sich Manuel: „Priester Ernesto Engelhardt in Rio ist meine Referenz. Der wird gewiss beide Augen zudrücken über meine Vergangenheit und mit einer entsprechendem geschönten Geschichte antworten!"

Diverse „interne" Abklärungen der Einwanderungsbehörden und der Fremdenpolizei ergaben aber schliesslich, dass die beiden in Rio und São Paulo in sogenannten Favelas gelebt oder besser gesagt vegetiert und überlebt hatten. Also, eine zweifelhafte Vergangenheit für Manuel und Rosita. „Wir müssen vorsichtig sein und die beiden vorläufig weiter beobachten. Schliesslich werden wir in letzter Zeit geradezu überschwemmt von Ausländern, mit vielfach denkbar schlechten Erfahrungen!", war die trockene Feststellung in einer Besprechung verantwortlicher Beamter.

„Favelas? Was ist denn das?", fragte dummerweise einer dieser Staatsdiener in Lugano, die sich mit Einwanderern befassen mussten.

„Dummkopf!", meinte sein Vorgesetzter mit strafendem und herablassendem Blick. Das sind Slums, Elendsviertel! Dort herrschen Kriminalität, Kinderprostitution, Drogenhandel vor. Und wenn einer anscheinend Geld hat wie dieser Manuel, um von dort herauszukommen, muss der eine grössere Nummer gewesen sein!"

„Ist ja ähnlich wie bei uns bei der Wirtschaftsmafia oder Camorra! Die haben hier auch das Sagen! Aber dieser Priester Engelhardt ist doch eine gute Referenz!", erwiderte der „Dummkopf" trotzig.

„Ein Befreiungstheologe oder so was ähnliches. Der Vatikan ist über solche gar nicht glücklich!"

„*Gerade das* ist für mich eine gute Referenz!"

„Ich weiss, du bist Atheist!", giftete der Vorgesetzte zurück.

„Nein, Kommunist!", protestierte der „Dummkopf".

„Wo ist da der Unterschied?"

„Erklär' ich dir mal, wenn du in deiner Weltanschauung etwas weiter gekommen bist!"

„Werde nicht frech, sonst wird deine Personalakte einen scheusslichen Klecks bekommen!"

„Typisch für dich! Erstens ist man ein Dummkopf, dann wird man als Atheist verschrien, und dann, wenn die Argumente ausgehen, wird noch gedroht! Macht doch euren Dreck alleine", zischte der Beleidigte zurück und knallte beim Hinauseilen fluchend die Türe hinter sich zu.

„Wir sprechen uns noch!", tobte der Chef. Aber dies hörte der Beleidigte bereits nicht mehr.

„Die ewigen kleinen und grossen Religionskriege! Mit Schwert, mit Wort, mit Häme, mit Intrigen, aber alles natürlich nur im Dienste für die armen Seelen. Immer wieder wird das Volk damit gebraucht und missbraucht!", dachte fuchsteufelswild der Hinausstürmende.

12

Die Südschweiz, aber auch die oberitalienische Seenlandschaft sind wirklich grossartige Szenerien für Ferienhungrige. Nicht nur der Lago di Lugano, der Lago Maggiore, sondern auch der Comer See, der Gardasee und einige etwas kleinere Gewässer, die sich inzwischen ebenfalls dem Tourismus erschliessen, laden alle, die südliches Ambiente lieben, jederzeit ein. Vor allem, wenn im Norden die Nebeldecken zu Depressionen führen könnten und die ewigen Regenschauer trübselig stimmen. Man übersieht gnädig, dass es auch im Süden wie aus Kübeln giessen kann. Wäre es sonst dort ein oft einzig blühender Garten?

„Ich glaube, die italienischen Bestimmungen und Gesetze für die Eröffnung einer Kneipe sind nicht so kompliziert wie in der Schweiz", konstatierte Manuel nach vielen Recherchen. „Wir müssen etwas unternehmen, sonst schwinden unsere Bankkonten von Woche zu Woche, selbst wenn wir bescheiden leben und auftreten! Komm, Rosita, wir sehen uns mal in Como um!"

„Einverstanden, Manuel! Ich kann mir einfach nicht vorstellen, dass hier in der Schweiz so viele Hürden genommen werden müssen, um ein Geschäft zu eröffnen! Die sollten doch froh sein, wenn Ausländer sich als Kleinunternehmer nützlich machen!"

„Du gibst das Stichwort: Ausländer! Das Land ist wunderschön, aber klein. Und darum ist es auch von Ausländern überschwemmt. Nicht wegen der Touristen! Die kommen und gehen wieder und lassen Geld zurück!"

„Aber nebst Flüchtlingen aus aller Welt, nebst unzähligen Grenzgängern, die täglich von allen Seiten am Morgen kommen und am Abend wieder nach Hause fahren und offenbar manchem Einheimischen mit Tieflöhnen die Arbeit wegnehmen, zählt das Land den höchsten Ausländeranteil Europas. Für uns Brasilianer sind dies keine erschreckenden Zahlen. Wir sind andere Grössen gewohnt. Aber denk mal an dieses kleine Land, in dem die Hälfte der Fläche zudem noch Berge und Seen ausmachen. Sogar ich kann da ein wenig nachfühlen!"

„Woher weißt du denn dies alles?", meinte Rosita erstaunt.

„Ich kam in letzter Zeit mit einem italienischen Geschäftsmann mehrere Male ins Gespräch, der vermutlich seine Geldanlagen auch lieber hier als in seiner Heimat deponiert! Wer weiss, vielleicht ist dieser sogar ein Mitglied der Mafia! Jedenfalls versprach er mir, uns bei unserem Projekt behilflich zu sein. Aber bei ihm drüben in Italien, am Lago di Como!"

„Hast du ihm erzählt, wie viel Geld wir hier auf den Banken liegen haben?", fragte Rosita etwas besorgt.

„Aber Liebes, hast du vergessen, woher ich komme? Dort in Favelas gilt als erstes Gebot: Vertraue niemandem, bevor er dich nicht hundertprozentig vom Gegenteil überzeugt hat!"

13

Aber auch Italien leidet scheinbar unter Überfremdung und Einwanderungswellen. Durch den freien Personenverkehr in der EU suchen vor allem auch Scharen von Menschen aus den osteuropäischen Mitgliedsländern das Glück im „Bel Paese". Zudem pochen ganze Flüchtlingsströme aus Afrika an die Türen Europas, wenigstens diejenigen, die unter schauderhaften Bedingungen übers Meer geschippert und dabei nicht elendiglich umgekommen und ertrunken sind. Viele werden dann mehr oder weniger brutal sofort wieder abgeschoben.

„Hat eine moderne Völkerwanderung begonnen, einfach anders wie vor Tausenden von Jahren?", fragte sich Manuel.

„Es wird noch schlimmer kommen, nein, sogar noch katastrophaler! Wenn erst die Klimaerwärmung richtig einsetzt, wenn die Meeresspiegel steigen, wenn sich die Umweltkatastrophen häufen, wenn das Wasser knapp wird, so werden sich Szenarien abspielen, die allen früheren Kriegen mit ihren grauenhaften Auswirkungen spotten!", meinte der Mann aus Como zu Manuel, als dessen Pläne konkretere Formen annahm und er und Rosita sich ernsthaft bemühten, in der Nähe von Como Wohnsitz zu nehmen.

„Malen Sie doch nicht den Teufel an die Wand!", meinte Manuel. „Ich selbst lebte Jahre in der Hölle von Rio, und kaum einer spielte mit dem Gedanken, aus jenem Sumpf herauszukommen."

„Warten wir ab, bis die Massenmedien all jene Menschen genug berieselt, nein bombardiert haben! Warten wir ab, bis ganze Landstriche und Megastädte im Meer versinken, warten wir ab, bis Millionen von Menschen nur noch die Alternative haben zu verhungern, zu verdursten, zu ersaufen oder zu fliehen!

„Ich sage Ihnen, dann sind die Zeiten, wo das dumme Volk als Kanonenfutter verheizt wurde, wo die sogenannten Stellvertreterkriege der Grossmächte in irgendeinem abgelegenen Land – die meist auch nur geführt werden, um neue Waffensysteme zu testen – endgültig vorbei! Selbst in fortgeschrittenen Demokratien lässt sich dann das manipulierte dumme Wahlvolk einfach nicht mehr für dumm verkaufen!"

„Sie machen mir Angst!"

„Diese Angst habe ich schon lange!", erwiderte der Mann aus Como. „Und ich sinniere Tag und Nacht, wie und wohin ich dann fliehen kann! Übrigens:

Mein Name ist Emilio Natale! Schön, wenn man einen solchen Namen trägt, nicht! Wer freut sich denn nicht immer wieder auf Weihnachten? Ich kenne allerdings auch viele, denen vor diesen Festtagen graut!", lächelte Emilio Natale säuerlich.

„Muss man sich vor Ihnen auch grauen?", fragte Manuel, etwas zaghaft und auch sehr vorsichtig geworden. Denn er bemerkte sehr wohl, dass dieser Herr Natale bei den letzten Besprechungen, zu denen auch Rosita mitgekommen war, diese mit den Augen richtiggehend unanständig verschlang.

„Meine Freunde nicht!", erwiderte Natale, aber eine leichte Spur zu schroff. Liebenswürdig und galant beugte er sich einen Moment später zu einem Handkuss zu Rosita.

Natale verschwand, und Manuel schaute ihm mit grimmigem Blick nach. „Dieser Kerl übertreibt! Er faselt von künftigen Schwierigkeiten, nur um sich umso hilfsbereiter zeigen zu können für unsere Pläne. Dabei aber fixiert er dich wie eine Schlange ein Kaninchen!"

„Bist du etwa jetzt auch eifersüchtig? Das ehrt mich aber! Ich bin kein Kaninchen, ich bin ein Schmusekätzchen, aber mit scharfen Krallen. Merke dir das, mein lieber eifersüchtiger Kater!"

„Schlange bleibt Schlange", konstatierte Manuel. „Ich kenne solche starren und kalten Blicke zur Genüge aus den Favelas. Gewiss sind seine Prognosen

zum Teil möglich. Sicher könnten fürchterliche Szenarien auf viele Menschen zukommen. Aber Leute
seines Gelichters haben vermutlich schon vorgesorgt
für den Fall der Fälle!"

14

Como mit seinen rund 80'000 Einwohnern ist für italienische Begriffe eine Kleinstadt. Aber überaus sehens- und lebenswert. Dies natürlich sicher nicht für alle Einwohner. Wenn ein malerischer See und eine liebliche und mit reichhaltiger Vegetation gesegnete Landschaft von sanften und bewaldeten Hügeln umarmt eine grossartige Kulisse bilden, kann dies für Begüterte, für Romantiker und natürlich für Touristen schon grossartig sein. Diese Grossartigkeit verliert sich wie überall, wenn man in engen, alten und etwas verlotterten Gässchen und muffigen Kleinstwohnungen hausen muss.

Zudem ist Como für eine gewisse Klientel einen Katzensprung von der Schweizer Grenze und vom Finanzplatz Lugano entfernt. Für Wissende gibt es viele Schlupflöcher auch über die sogenannte grüne Grenze. Diese wird neuerdings schärfer überwacht als vermutlich je zuvor. Auch mit modernen Mitteln. Aber auch bei solchen Grenzgängern werden die

Raffinessen vielseitiger. Oft sind diese immer einen Schritt voraus!

Die italienischen Zollfahnder und das Finanzministerium in Rom sind zwar sehr aggressiv geworden. Aber für alle und jeden? Nun, alle diese „Spürhunde" sind auch nur Menschen, und zum Teil fühlen sie sich unterbezahlt. So könnte es durchaus sein, dass gewisse Grenzgänger bei stechendem Sonnenlicht auch nicht durch eine starke Sonnenbrille genau gesehen werden, oder aber, dass deren Computer auf dem neusten Stand wenigstens für einige Zeit für „staatliche Hacker" nicht abgerufen werden können.

Menaggio ist eine der unzähligen schönen Wohn- und Urlaubsorte am See. Signore Emilio Natale wohnte dort in einer sehr alten und sehr schönen Villa, direkt am See gelegen. Innen war das repräsentative Haus einerseits sehr kostbar und gemütlich und zum andern technisch aufs Modernste eingerichtet.

Emilio Natale und Manuel Sabato, diese mit zwei frommen Namen ausgestatteten Männer, hatten einen Treffpunkt auf der Piazza Garibaldi in Menaggio vereinbart. Das Dreitausend-Seelen-Dorf hatte in letzter Zeit Zuzug von überall her. Früher kannte hier jeder jeden. Aber heute hat sich die Situation nach Auffassung der alten Eingeborenen verändert und damit auch verschlechtert!

Natale war zwar kein Mafiosi im eigentlichen Sinn. Mit seinen Abgaben an die „Ehrenwerte Gesellschaft" markierte er aber den erfolgreichen Geschäftsmann in Sachen Immobilien. Die Krux war: Natale hatte sich wirklich hoffnungslos in Rosita verknallt! Darum schmiedete er Pläne, wie Manuel für immer „zu entfernen" oder gar „zu entsorgen" war, um die dann trauernde Rosita zu trösten.

„Nun, einen Versuch kann man allemal wagen", brummte Natale. Er unterschätzte die Raffinessen oder gar Grausamkeit der Slums bei weitem, denn er war Zeit seines Lebens mit solchen Leuten nie in Kontakt gekommen. „Schlimmstenfalls verschwinden einfach zwei oder drei arme Fischer, vermutlich wegen eines defekten alten Bootes, in der Tiefe des Lago di Como!"

„Natale und Sabato", grinste er diabolisch. „Weihnachten und Sonntag! Nun, ab und zu treffen diese Feiertage mal aufeinander! Aber Weihnachten ist der grössere Feiertag! *Und ich bin der Grössere!*

Aber damit kam er vermutlich bei Manuel an den Falschen! In den Bandenkriegen in den Favelas von Rio wird man noch etwas gewitzter als manche Mafiosi der unteren Schicht und als selbst die Handlanger der mittleren und oberen Gilde, die sich selbst nur im Notfall die eigenen Hände für Drecksarbeit schmutzig oder blutig machen. Dafür hatte man die kleinen Fusssoldaten. Und diese waren einfach alle eine Nummer zu klein für einen ehemaligen Bandenchef aus Rio.

15

Die Begrüssung in einem Café bei der Piazza Garibaldi war äusserlich freundlich, aber doch etwas kühl, ja sogar misstrauisch und lauernd. Beide, Natale und Sabato, schätzten sich äusserlich und innerlich ab und kamen vorläufig zu keinem Resultat.

„Also, mein Freund Manuel", meinte etwas jovial Signore Natale, „reden wir nicht lange um den heissen Brei herum! Ich habe bereits Kontakte geknüpft mit zuständigen Leuten hier in der Gemeinde und auch in der Provinz. Diese stehen Ihrem Gedanken, hier ein brasilianisches Restaurant zu eröffnen, positiv gegenüber. Dies könnte eine Bereicherung für Einheimische und Touristen werden. Die Konkurrenz ist gross an unserem schönen Lago. Mit etwas Neuem könnte man aber eine Nasenlänge vorpreschen! So ungefähr ist der Tenor der meisten der zuständigen Leute!"

„Warum nur setzt sich dieser Natale so für mich ein?", fragte sich Manuel zum hundertsten Mal. „Nächstenliebe ist es gewiss nicht! Nicht von einem

Immobilien-Hai! Soll ich dankbar sein? Oder misstrauisch bleiben? Ich werde mich über diesen Herrn Natale erkundigen, aber wo und bei wem?"

Natale schreckte ihn aus seinen Gedanken auf: „Ich gebe demnächst einen ausgiebigen Brunch in meiner bescheidenen Villa am See! Dazu lade ich alle relevanten Leute und auch Sie, lieber Manuel, und ihre reizende Gattin ein. Bei solchen Gelegenheiten können viele bürokratische Probleme gelöst werden! Mehr als bei langweiliger Warterei und noch langweiligeren Besprechungen in den entsprechenden Ämtern!"

Bei Manuel schrillte jetzt ganz deutlich wieder die Alarmglocke! Seine „berühmten" Schnauzerhaare sträubten sich wie bei einer nervösen Katze, die einen Buckel macht.

„Rosita ist nicht meine Frau, sondern meine Freundin!", meinte er, sehr aufmerksam die Mimik seines „Freundes und Helfers" studierend. „Wenn wirklich Rosita der Grund deiner Hilfsbereitschaft ist, dann sieh dich vor, du Halunke!". schwor er sich im Stillen. „Der weiss doch ganz genau, dass ich mit Rosita noch nicht verheiratet bin!"

„Übrigens: Sind Sie, Signor Natale, verheiratet? Ich frage nur deshalb, um eventuell zu dieser Party die rechten Blumen für Ihre Gattin mitzubringen!"

„Ich war verheiratet! Aber wir haben offensichtlich nicht zusammen harmoniert!", meinte Natale. „Sie ist einfach eines Tages abgehauen!"

Dass diese Disharmonie für seine Frau auf dem Grund des Lago endete, das wussten nur noch für ganz kurze Zeit zwei seiner Helfer, die damals plötzlich auch wie von Geisterhand verschwunden waren. Aber was kümmerte die Behörden der Provinz Como, ob zwei Rumänen wieder abgehauen waren und wohin?

Und wer forschte nach, ob Signore Natale diese beiden Rumänen vielleicht auch auf den Grund des Lago di Como schickte, um möglichen Erpressungen vorzubeugen? Es kommen ja in letzter Zeit doch viel zu viele Rumänen nach Italien! Zum Teufel mit der ganzen Personenfreizügigkeit zwischen der EU!

„Tut mir aufrichtig leid, dass Sie Ihre Gattin vermissen müssen!", erwiderte galant Manuel.

„Nun, ich konnte und wollte sie nicht zwingen, bei mir zu bleiben. Obschon sie hier doch alle Annehmlichkeiten und einen gesellschaftlichen Rang bekleiden konnte! Also, Manuel, bis nächsten Samstag zum Brunch! Kleidung bitte leger! Ich freue mich auf einen anregenden und hoffentlich erfolgreichen geschäftlichen und fröhlichen Tag für Sie und für uns alle! Der Wetterbericht meldet Traumwetter!"

16

„Erfolgreich?", fragte sich Manuel. Wer im Gestrüpp der menschlichen Gesellschaft in den Slums aufgewachsen und gross geworden ist, wittert die Gefahr wie ein misstrauisches Tier, dem der leiseste Wind oder Geruch Witterung verschafft.

„Überfreundliche Einladungen aus sehr kalten Augen sind meist gefährlich! Was mich mein Priester Engelhardt in den Favelas in Rio lehrte, ist nicht von der Hand zu weisen. Sagte er doch oft: ‚Die Augen sind der Spiegel der Seele'!, und ich fügte hinzu: ‚Auch der Intelligenz, der Verschlagenheit und weiterer Charaktereigenschaften'. Natürlich, täuschen kann man sich immer! Sicherheitshalber nehme ich aber Rosita nicht mit. Sie hat einfach Migräne und will uns den Tag damit nicht verderben. Aber je nach Entwicklung der Dinge werde ich den geladenen Herren den Tag tüchtig versauen!"

Alle Nachforschungen über Natale in Como und Umgebung ergaben nichts. „Ein völlig unbekannter Mann, das kann einfach nicht sein!", dachte sich Manuel. „Besonders nicht, wenn man im grossen Stil mit Immobilien zu tun hat wie er. Oder renne ich hier an eine Mauer des Schweigens? Dann muss dieser Mann gefährlich sein."

Doch, etwas ergaben Manuels Nachforschungen! Diese wurden nämlich bald dem Signore Natale von einem seiner vielen Zuträger gemeldet.

„So, dieser Slum-Käfer aus Rio hat also Verdacht gerochen! Nanu, immerhin, ganz so dumm scheint er nicht zu sein. Trotzdem werde ich diesendort vielleicht grossen, hier aber kleinen Mann' beseitigen, um an Rosita heranzukommen."

„Glaubt doch der Trottel immer noch daran, dass seine Sklaven-Speise hier von den verwöhnten Gourmets ausgerechnet am Lago di Como regelmässig gewünscht wird! Einmal kann man diese ja aus Langeweile und als Entdeckungsreise für Neues mal versuchen. Und dann reicht es gewiss für den Rest des Lebens."

„Hält dieser Manuel uns hier eigentlich für kulinarische Idioten?", meckerte Natale leise vor sich hin. „Wer die italienische Küche liebt und kennt, braucht solche Spielereien nicht!"

17

„Ein Treffen in meiner Villa und dem noch traum-
hafteren Garten wäre zwar für die Beseitigung eines
Kerls wie Manuel an einem späten Abend vorteilhaf-
ter. Aber um die Brunchzeit an einem Samstag
schläft doch hier in Menaggio noch die halbe Bevölkerung. Zudem liegt mein Anwesen ziemlich ver-
deckt und abseits des Dorfes. Also werden wir ungestört sein", sinnierte Natale.

Als Manuel zur vereinbarten Zeit schliesslich allein
mit einem Taxi bei der Villa eintraf, meinte Emilio
Natale verwundert, innerlich aber sehr zornig: „Wo
ist denn Ihre bezaubernde Lebensgefährtin?"

„Sie lässt sich entschuldigen. Leider plagte sie die
halbe Nacht eine heftige Migräne, und sie fühlte sich
nicht in der Lage, mitzukommen!"

„Wirklich schade", zischte es förmlich aus Natales
Mund. Die bodenlose Enttäuschung stand ihm ins
Gesicht geschrieben.

„Die anderen Gäste sind noch nicht eingetroffen! Sie wissen ja, wir Italiener nehmen es mit der Pünktlichkeit nicht so genau. Sicher trudeln die anderen Geladenen auch bald ein. Nehmen wir doch erst mal auf der Terrasse Platz und beginnen schon mit einem Drink. Lassen Sie sich überraschen, was meine Maria, der gute Geist des Hauses, für Barmixer-Fähigkeiten besitzt!"

Die Angesprochene, eine wirklich hübsche, ja sogar grazile Südländerin mit wachen, lebhaften Augen und einem fast olivfarbenen Teint, servierte einen für Manuel bisher unbekannten Cocktail und zwinkerte ihm dabei warnend zu. Beiläufig liess sie die Serviette zu Boden fallen. Manuel bückte sich, um der etwas ungeschickt scheinenden Maria zu helfen. Diese ging gleichzeitig in die Hocke und steckte ihm blitzschnell einen Zettel zu.

Maria war einmal tatsächlich der ‚gute Geist'. Jetzt steckte sie voller Rachegelüste gegenüber ihrem Brötchengeber. Nach dem rätselhaften Verschwinden der Ehefrau Natales und zweier Bediensteter aus Rumänien wurde die gelegentliche Beziehung zwischen ihrem Chef und ihr enger und enger. Maria witterte einen gesellschaftlichen und finanziellen Aufstieg und war gar nicht abgeneigt, die Stellung von Frau Natale in allen Belangen zu übernehmen. Es folgten heisse Nächte, schöne Geschenke, viele Komplimente. Nur, ihr Emilio nahm Maria nicht ein einziges Mal mit auf eine seiner vielen, oft längeren und ausgedehnten sogenannten Geschäftsreisen.

„Bin ich vielleicht doch nur ein Spielzeug des Signore? Nutzt er meine Liebe zu ihm schamlos aus? Zudem sollte er sich nicht zuviel einbilden und mich als Flittchen behandeln. Ich habe auch meinen Stolz, und im Bett ist dieser Emilio auch kein grosser Held! Er schnauft dazu wie ein Ross und schnarcht nachher wie ein Rhinozeros. Ich lasse mich nicht einfach als ‚Lustpuppe' zum Zeitvertreib missbrauchen!

Ich sehe der weiteren Entwicklung mal zu und verschaffe mir etwas Einblick in seine ‚Geschäfte'. Die Rache einer gedemütigten Frau kann nicht nur in Fernsehsendungen scheusslich sein!" Solche und hundert weitere Gedanken zogen in letzter Zeit durch den Kopf des ‚guten Geistes' des Signore Natale. Nur, dieser Esel in seinem Eingebildetsein über seine Unwiderstehlichkeit merkte nichts davon!

Als schliesslich der Termin mit einem gewissen Herrn Manuel Sabato angekündigt wurde, und Natale verschwörerisch zu Maria meinte, sie solle einen Brunch aufdecken und vorbereiten für etwa zehn Personen, es käme aber nur dieser Sabato mit seiner Geliebten sowie zwei weitere Geschäftsfreunde, da sah Maria den ersten Rachefeldzug gegen Natale kommen!

Mit Marias kleinem Zettel in seiner Faust meinte nun der misstrauische Manuel: „Herr Natale, bitte entschuldigen sie tausendmal! Es ist mir sehr peinlich, aber darf ich zunächst mal die Toilette aufsuchen? Wissen Sie, ich war wegen Rositas Migräne die halbe Nacht auf den Beinen!"

„Aber bitte! Rosa wird Ihnen den Weg zeigen! Lassen Sie uns zuvor doch noch anstossen, sonst verdurste ich. Oder liegt auch dies nicht mehr drin vor lauter Harndrang?", grinste Natale etwas unverschämt.

18

Maria stammte ursprünglich aus einer immer noch etwas ärmlichen Gegend Portugals, abseits vom Aufschwung durch EU-Gelder. Sie wurde dort als Waisenkind in vielerlei Hinsicht bis in die letzte Konsequenz und im eigentlichen Sinn des Wortes oft missbraucht.

Nach einer Fehlgeburt schlich sie sich heimlich davon und erreichte nach vielen Irrfahrten rein zufällig das schöne Haus am schönen Lago di Como des Herrn Emilio Natale. Dort schwor sie sich, mit allen Mitteln den Weg nach oben zu machen, um sich anschliessend an all den „Schweinen" in ihrer alten Heimat zu rächen. Es waren einmal mehr nicht die übermütigen jungen Burschen, die ihr natürlich auch nachstellten, sondern einige Dorfgrössen mit Frau und Kind, die am Sonntag auch brav zur Kirche gingen, denen sie ihr werdendes Leben zu „verdanken" hatte. Als sie dieses Kind auch noch vor der Geburt verlor, verlor sie den letzten Hauch von Anstand.

Ihre Rache sollte nun hier beginnen, nach der abermaligen Enttäuschung durch Natale. Sie war sich ihres Charmes und ihrer erotischen Ausstrahlung inzwischen voll bewusst. Und mit der ihr angeborenen Schlauheit und den Waffen einer Frau konnte man viel bewegen.

In manchmal achtlos liegen gelassenen Unterlagen des Herrn Natale bei dessen oft langen Abwesenheit hatte sie gestöbert und einiges „Belastungsmaterial" sammeln können. Denn was Natale nicht ahnen konnte: Bei dessen Geschäftsreisen lernte Maria fleissig Italienisch und „bezahlte" diesen Unterricht mangels Geld eben mit dem Charme und den Waffen einer Frau!

Erfreut stellte nun Maria beim sympathisch wirkenden jungen Mann namens Manuel Sabato fest, dass dieser auch Portugiesisch sprach. Schadenfreudig nahm sie blitzschnell war, dass dessen offenbar attraktive Freundin nicht mitgekommen war. Vermutlich hatten die beiden „den Braten gerochen" und entsprechend gehandelt. „Warum wollen uns all die hohen Herren immer für so dumm verkaufen!"

Auf dem Weg zur Toilette flüsterte sie nun Manuel eiligst in Portugiesisch zu: „Senhor, Sie sind in grosser Gefahr! Sehen sie sich vor! Natale hat eine Teufelei mit Ihnen vor! Leider weiss ich nicht wie, wann und was. Aber ich stehe Ihnen bei, denn ich habe noch eine alte Rechnung mit dem Kerl offen!" Dann hastete sie davon.

Auf ihrem Manuel zugesteckten Zettel standen lediglich in kritzeligen italienischen Wörtern: „Bitte sofort mit mir sprechen!" Nun, das war geschehen und Manuel hielt die Augen offen. Das hatte er von Kindheit an gelernt und einen Spürsinn für Gefahr entwickelt wie ein Raubtier.

Nach verwunderlich langer Zeit, die Manuel in der Toilette benötigte und die Natale sehr misstrauisch stimmte, meinte dieser nach seiner Rückkehr gespielt fröhlich: „Nun, ich will mal versuchen, meine verschlafenen Freunde anzurufen. Sonst wird das warme Essen kalt, und die kalten Getränke warm!"

„Vielleicht wird es dir auch bald mal kalt und warm", dachte sich grimmig Manuel.

Mit einem ehemaligen Bandenchef der Favelas in Rio sollte man vorsichtiger sein. Man überwältigt ihn nicht einfach wie einen Tölpel. Das vergessen fast alle, die nicht in einem solchen Milieu aufgewachsen sind und dabei überlebt haben. Da sind selbst manchmal „Mafiasoldaten" Chorknaben dagegen. Vielleicht sind nur noch russische Mafiosi in ihrer Gerissenheit oder die chinesischen Triaden in ihrer Grausamkeit ebenbürtig.

Natales Finte, der mit seinem Handy fröhlich seine sogenannten alten Freunde anrief und jovial meinte: „Wann kommt ihr Schlafmützen endlich! He, Roberto und Antonio, sagt's doch auch den anderen! Wir warten und warten. In einer halben Stunde wird sonst abgeräumt!"

Manuel bemerkte schnell, dass Natale vermutlich niemanden „am Draht" hatte. Sonst hätte doch mal der Angerufene gesprochen und dessen Redeschwall wenigstens einmal kurz unterbrochen.

„Mussten Sie auf die Combox ihres Freundes sprechen?", fragte Manuel Natale mit ganz unbefangenem Blick.

„Nein, warum?"

„Sie haben ja überhaupt keine Antwort abgewartet als Erklärung für die Verspätung ihrer Freunde!"

„Die sagten einfach nur kurz sorry, wir kommen sofort!", meinte Natale, einen Moment lang ziemlich verwirrt.

„Der Kerl hat den Spürsinn eines Drogenhundes! Ich muss höllisch aufpassen! Nur gut, dass wir ihn bald zum Schweigen bringen!"

Eine knappe Viertelstunde tauchten diese sogenannten Roberto und Antonio auf. Fröhlich trotteten sie auf Natale und Manuel zu mit einem kumpelhaften: „Hallo!"

„Die sind zu früh!", fluchte Natale leise in sich hinein. „Diese Idioten hätten doch auch kombinieren können, dass sie nicht zehn Minuten nach meinem fingierten Anruf schon aufkreuzen sollen. Bis jetzt läuft ziemlich alles schief!"

„Hier umbringen können mich die Kerle kaum",
dachte Manuel. Aber der Lago di Como lächelte ihm
irgendwie bedrohlich entgegen! Jedenfalls empfand
er dies so.

19

Nach einiger Zeit belanglosen Geplauders über Wetter, vergangene Feste und natürlich die gegenwärtige Politik und Wirtschaftslage, aus dem sich Manuel kaum einen Reim machen konnte oder wollte, geschah dann plötzlich der Angriff der „Herren" Roberto und Antonio auf ihn.

Manuel spürte dies einige Sekunden zuvor, denn seine Nackenhaare und sein markanter Schnauzbart sträubten sich in einer Vorahnung. So kam die Messerattacke nicht ganz unerwartet! Pistolen mit Schalldämpfer besassen die beiden also nicht, obschon dadurch weniger Blutspuren beseitigt werden müssten. Bei den heutigen Möglichkeiten der Spurensicherungen, auch mit chemischen Mitteln, werden ja wahre Wunder vollbracht. Vermutlich sind im kleinen Menaggio solche Möglichkeiten nicht vorhanden. Und wie Natale die Mentalität der eifersüchtigen Revierkompetenz der örtlichen Organe kannte, wurden gewiss auch keine kriminaltechnischen Dienste aus Como angefordert.

Roberto und Antonio zückten bewusst mitten in einem Gespräch und in einem unvollendeten Satz die Klappmesser und stürzten sich mit Hechtsprüngen auf Manuel. Dieser sah aus den Augenwinkeln die kleinste Bewegung und wehrte den Angriff der beiden mit wirklichen Glanzparaden ab.

Zuerst flog das Messer von Roberto wirbelnd durch die Luft, das Manuel vermutlich einen tödlichen Stich beibringen sollte. Nach einigen gekonnten Handgriffen mit dem zweiten Angreifer wand er diesem sein Stellmesser aus der Hand. Sekundenbruchteile später stach Manuel heftig mit seinem eigenen an seinem Unterschenkel befestigten Messer zu. Er wusste, hier geht es um Tod und Leben. Darum war sein präziser Stich für Antonio tödlich.

Ein kurzer gellender Schrei, ein Röcheln, dann lag Antonio mit letzten Zuckungen in seinem Blut auf dem teuren, wunderschönen Marmorboden der Gartenterrasse. Inzwischen rappelte sich der Roberto Genannte benommen wieder auf. Der ehrenwerte Herr Natale bemerkte zu seinem Entsetzen, dass dieser überhaupt keinen Gegner mehr für Manuel darstellen konnte.

„Dieser Saukerl hat sich in den Slums von Brasilien vermutlich Fähigkeiten angeeignet, dagegen meine beiden Waschlappen hier völlig versagen!"

Mit diesen Gedanken klaubte Natale mit zitternden Fingern das im hohen Bogen zu Boden gescheppert Stellmesser Robertos auf und stürzte sich von hinten auf Manuel. Es graute ihm allerdings davor, seine Hände selbst schmutzig zu machen. „Aber was bleibt mir sonst übrig? In den Knast wegen all dieser Idioten?"

Maria schrie nun, ihr Serviertablett scheppernd fallenlassend, in Portugiesisch: „Senhor Sabato! Achtung! Von hinten!"

Manuel wirbelte um die eigene Achse und erblickte im letzten Augenblick Natale, der sich mit gezückter Klinge auf ihn warf. Abermals stach er zu, aber diesmal nicht tödlich. „Ich will diesen Kotzbrocken am Leben lassen. Vielleicht kann man ihn nochmals gebrauchen!!"

Aufheulend ging auch Natale zu Boden und fasste sich mit der Hand, die sofort blutig wurde, an seine tiefe Stichwunde.

„Das ist wohl das erste Mal, dass du in deinem Leben mal richtigen körperlichen Schmerz verspürst, du Lump!", schrie Manuel. Dabei stach er noch zwei- oder dreimal blindlings vor Wut zu, bis Natale um Gnade winselte.

Zu allem Überfluss machte Maria ihrem aufgestauten Frust und Hass auch noch Luft und schlug mit Genuss das schwere Silberplateau, das ihr zuvor aus der Hand geglitten war, mit grosser Wucht auf Natales Schädel. Damit verstummten zum Glück auch sein Stöhnen und seine Schreierei, mit der er vielleicht das ganze Dorf zusammengetrommelt hätte.

Inzwischen war Signore Roberto durch die Büsche lautlos verschwunden.

„Schlag ihm nicht den Schädel ein, Maria", keuchte Manuel. „Der Hund muss am Leben bleiben!"

„Ich wollte ihm nur etwas körperliche Schmerzen verpassen für die seelischen Verletzungen, die er mir zufügte!"

„Verstehe! Aber körperliche Schmerzen empfindet er im Moment nicht, denn du hast ihn ins Land der Träume geschickt! Und jetzt, Maria? Du musst vermutlich auch abhauen!"

„Ja, aber zuvor werde ich mich an seinem Tresor gütlich tun! Ich brauche Geld und einige ihn belastende Papiere, damit ich ihn jederzeit mit brisantem Material in der Hand erpressen kann!", erwiderte Maria trotzig.

„Das kann für dich lebensgefährlich sein. Männer solchen Kalibers haben überall Freunde und Killer. Am besten verschwindest du für immer!"

„Darf ich mit Ihnen kommen, Senhor Sabato?", Maria schaute Manuel dabei so flehend an, dass dieser einfach nicht nein sagen konnte. „Aber das gibt Zoff mit Rosita", murmelte er in sich hinein. Auch für stichhaltige Erklärungen würde sie nicht empfänglich sein.

„Also, schnell, packen wir's an und verschwinden wir!"

Manuel hatte das Gefühl, dass der Lago di Como nun wieder freundlich lächelte, als er mit Maria davon eilte.

20

„Nur keine Polizei! Nur keine endlosen Befragungen!", meinte Natale stöhnend zu seinem Nachbarn.

Dieser getraute sich nach anfänglichem Zögern doch, den noblen und reservierten Herr Natale nach vielen verdächtigen Schreien und anhaltendem Stöhnen, nach unerklärlichen Geräuschen und lautem Gepolter, das zu ihm herüber drang, aber auch nach reiflicher Überlegung, nun doch aufzusuchen. Neugierig schlich er sich durch die Baumgruppen und Büsche heran und zuerst zutiefst erschrocken und dann mit ein wenig Schadenfreude sah er seinen stinknoblen Nachbarn verwundet am Boden liegen.

„Ich hasse die endlosen Recherchen, die doch zu nichts führen! Und wie kann ich den Toten hier erklären? Ich kenne diesen Höllenhund nicht, der mir ans Leben wollte und den ich zum Glück ausschaltete!"

Dieser einzige nähere Nachbar zu seiner Linken, nein, nicht politisch, sondern geografisch gesehen, von Natales Villa durch eine dichte Baumgruppe etwa hundert Meter getrennt, war schon lange neugierig, was da in jenem Haus am See so alles vor sich ging. Manchmal hörte man rauschende Feste und dann wieder wochenlang keinen Ton. Andere Nachbarn gab es keine, denn Natale hatte sich seinen Wohnsitz so ausgesucht, dass er praktisch ungestört schalten und walten konnte.

„Nein, rufen Sie bitte meinen Doktor an, der mich verarzten kann! Keinesfalls einen Krankenwagen. Das muss alles diskret behandelt werden!", befahl Natale seinem Nachbarn in fast etwas zu barschem Ton. „Ich würde es selbst tun, aber beim Überfall auf mich ist mein Handy in den Pool gefallen und vermutlich unbrauchbar!"

Dass Natale mit seinem Dottore Giovanni Federici in vielen Aktionen unter einer Decke steckte und beide sich darum sehr verbunden fühlten, verschwieg er tunlichst.

„Das mit der Leiche bringen Dottore Federici und ich schon in Ordnung! Tun sie mir den Gefallen und schweigen Sie! Ich weiss dies zu belohnen! Wie ist doch gleich ihr Name? Schändlich, da sind wir vermutlich seit Jahren Nachbarn, und ich kenne nicht mal Ihren Namen! Das muss sich ändern!"

„Pietro Sandini", erwiderte dieser etwas scheu und doch auch weiterhin vor Neugierde fast platzend. Denn er wusste einiges und vermutete noch mehr über seinen stinkreichen Nachbarn. Wie dies eben so ist in einem kleinen Dorf oder in einem kleinen Viertel einer Stadt: je mehr Geheimnisse, umso mehr Vermutungen, Spekulationen, Neugierde und Neider!

„Also, Signore Sandini: Ich zeige mich bei Ihnen erkenntlich, sobald wir das Chaos hier hinter uns haben. Meine Haushälterin Maria hat leider heute ihren freien Tag, sonst könnte diese dem Arzt anrufen! Der Apparat des Festnetzes ist gleich rechts in der Eingangshalle!"

Natale sah ja vorher zu seinem masslosen Entsetzen, wie Manuel und Maria miteinander abhauten, einiges an Papieren und vermutlich Bargeld in den Händen.

„Oh, ich kenne Signorina Maria vom Einkaufen her!", erwiderte Sandini.

„Teufel auch, heute ist alles gegen mich", fluchte Natale in sich hinein. „Hier könnten weitere Schwierigkeiten entstehen!"

Und so freundlich wie möglich, durch die höllischen Schmerzen der Messerstiche geplagt, meinte Natale zum ungebetenen und nun doch nötig gewordenen Nachbarn:

„Signore, wären Sie dann auch so gut und bringen Sie mir aus meinem Arzneischrank im Badezimmer einige Schmerztabletten. Sie können dies nicht verfehlen, es liegt nach der Empfangshalle direkt links; also gegenüber dem Telefon. Bringen Sie einfach alles, was Sie an Schmerzmitteln finden, Tramaltropfen oder was anderes. Wie Sie sehen, macht mir das Aufstehen und Gehen doch noch etwas Mühe!"

Eine solche Eingangspartie mit edelstem Marmor und vermutlich sündhaft teuren Orientteppichen, die Wände voller wahrscheinlich wertvollster Ölgemälde hatte Sandini in seinem Leben nur in Filmen gesehen. Sogar das Badezimmer war für ihn eher ein kleiner Palast mit vielen Spiegeleffekten und Vergoldungen.

„Mensch, muss der Kerl reich sein! Vielleicht ist dies die Chance meines Lebens, durch meine Hilfsbereitschaft und durch mein Schweigen auch etwas von diesem Kuchen abzubekommen!"

Der liebe und sonst so brave Signore Sandini dachte kaum daran, dass man bei Erpressung auch mit dem Leben spielen kann.

Als der Dottore überraschend schnell am „Unfallort" eintraf, dränge Natale Sandini freundlich aber bestimmt: „Vielen Dank! Sie können jetzt nach Hause gehen. Ich werde von mir hören lassen und mich Ihnen gegenüber wie angesprochen sehr dankbar erweisen!"

„Schöne Sauerei hier!", spottete Giovanni Federici. „Also, flicken wir dich zunächst notdürftig zusammen! Und dann wird wohl der Tote verschwinden müssen! Was geschieht hernach mit deinem Nachbarn, den du vermutlich zum ersten Mal gesehen hast und der nun bei dir zuviel gesehen hat? Wo ist übrigens deine Maria?"

„Frag nicht so viel auf einmal und lache nicht so hämisch!", zischte Natale ihn an. „Wir werden eins ums andere lösen. Da haben wir schon ganz andere Dinge geschaukelt. Und mein Trost ist, dass ich über dich zuviel weiss!"

„Aber ich auch über dich", erwiderte Federici gehässig und begann ziemlich unzimperlich mit seiner „Flickerei".

21

Das Hotel „Monte Verde" auf einem Hügel über Como gelegen, wirkt wegen seiner wunderschönen Lage im ersten Augenblick als kleines Bijou. Aber leider ist es nur auf einer Schotterstrasse mit vielen Serpentinen erreichbar und wirkt aufgrund seiner Abgelegenheit vor allem in der tiefen Nacht etwas unheimlich.

Die alten verwitterten Mauern, die wohl nahezu ebenso alten und längst renovations-bedürftigen Zimmer, der teils muffige Geruch, das Hundegebell von einsamen Höfen durch die halbe Nacht, das zum Teil etwas komisch und kurios anmutende Bedienungspersonal, einfach das ganze Ambiente, liessen zunächst Manuel und Rosita gedanklich sofort umkehren, als sie vor Kurzem hier ankamen. Als sie aber die Preise hörten und bei einem ersten typisch italienischen Essen die Küche testen konnten, wurden sie trotzdem bald heimisch.

Zum masslosen Schreck, ja Entsetzen für Manuel, war Rosita aus diesem alten Albergo verschwunden. Abgereist konnte sie nicht sein, denn ihre Habseligkeiten lagen noch im Zimmer herum. Eine aufgeregte Befragung des Hotelpersonals ergab nichts, aber auch gar nichts.

„Hat sich die Signorina nicht abgemeldet? Hat denn niemand angerufen? Der Schlüssel steckt doch noch im Zimmerschloss, von innen!", brüllte Manuel den Portier an.

„Nein!" Auch ein Zwanzig-Euro-Schein änderte die Meinung des Concierge nicht.

„Niemand vorbeigekommen?"

„Nein! Grazie mille für das Trinkgeld, Signore!"

Manuel stürmte nochmals ins Zimmer und durchstöberte alles und jedes. Das dauerte nicht allzu lang, denn ihr Zimmer war klein! Aufgeräumt war immer noch nicht. Das Zimmermädchen rauchte genüsslich eine Zigarette und wollte beim Anblick von Manuel natürlich sofort das Zimmer „machen". Dieser übersah geflissentlich die leicht ausgestreckte Hand des Zimmermädchens für ein Trinkgeld. Sie hatte natürlich auch nichts bemerkt, auch nicht, als Manuel ihr widerwillig nun doch einen Zehner reichte.

„Aber halt! Hier liegt doch Rositas Handy, halb versteckt unter dem Kopfkissen! Oh Wunder! Das zuletzt geführte Gespräch war aufgezeichnet. Eine unbekannte Stimme krächzte:

„Rosita, kommen Sie schnell durch den Hintereingang zur nächsten Hecke unterhalb der Zufahrt zum Hotel! Aber unbedingt allein und unauffällig! Im Hotel sind nicht alle Angestellten sauber. Ich muss mit Ihnen dringend sprechen, denn mit Manuel ist etwas passiert!"

„Was um Himmels Willen was; um Gottes Willen wer sind Sie?", hörte Manuel nun am ganzen Leibe zitternd Rositas Stimme.

„Psssst! Nicht reden, einfach sofort kommen! Die Wände haben überall Ohren!" Dann war die Verbindung unterbrochen.

Und Manuel tobte wie ein Berserker.

22

Nach diesem Anruf eilte Rosita zu Tode erschrocken, masslos aufgeregt und kreidebleich hinaus und liess dabei ihr Handy, das in ihrer Hand zu brennen schien, einfach fallen.

Nachdem Manuel das Gespräch vielleicht ein Dutzend Mal abgehört hatte, liess er dieses auch jedem dienstbaren Geist im Albergo anhören. Aber diese anonyme Stimme war natürlich dem ganzen Hotelpersonal unbekannt. Manuel fand bei der bezeichneten Hecke leider eine ganze Anzahl Reifenspuren.

„Also kaum verwertbar!", fluchte er vor sich hin und überlegte fieberhaft, ob er die Polizei überhaupt einschalten sollte. „Aber dies ist nach den Vorkommnissen in Menaggio nicht sehr empfehlenswert. Zumal ich hier dummerweise Maria bei mir habe!".

„Ich muss diese zuerst zum Teufel schicken! Aber inzwischen haben die Leute hier sie zur Genüge gesehen! Und das Personal hat sich vielleicht auch etwas abschätzig oder dann neidig darüber unterhalten, dass der ehrenwerte Herr Sabato wohl bald jeden Tag ein anderes Weibsstück anschleppt."

„Vielleicht ist die andere aus Wut und Eifersucht abgehauen und der ominöse Anruf auf ihrem Handy war nur fingiert!" So und ähnlich wurde gewiss schon unter dem Personal getuschelt.

„Da! Im Gestrüpp liegt ein zerknittertes Papiertaschentüchlein! Will Rosita mir damit ein Zeichen geben und mich auf ihre Fährte bringen? Bei Gott, ich hoffe dies!"

Manuel las die vermutlich mit Lippenstift hastig hingekritzelten zwei Worte, die ihn förmlich elektrisierten: „Montanara Como!"

Ein sofortiges Nachhaken beim Portier, der etwas gesprächiger geworden war, weil er ein zweites Trinkgeld einstecken konnte, ergab, dass es sich beim „Montanara" in Como um eine Pension mit einem etwas zweifelhaften Ruf handeln würde. Dort würden Leute aus allen Schichten zu allerlei Vergnügungen verkehren.

„Ein sogenanntes Stundenhotel, Signore", meinte der Portier und spielte dabei den etwas Angewiderten, was ihm aber schlecht gelang.

„Also doch ein erster Anhaltspunkt", leuchteten Manuels Augen auf. Er erklärte Maria, dass sie sich vorläufig in einem Zimmer im „Monte Verde" ruhig halten solle, bis er sich wieder melden würde. An der Rezeption drängte er mit Nachdruck und sogar mit unverhüllten Drohungen dem ganzen Sauladen hier mit der Polizei auf den Leib zu rücken, wenn er nicht sofort mit dem Signore Direttore reden könne.

Erst nach wort- und gestenreicher Diskussion mit Signore Priore, dem Direktor des Hotels, erfuhr Manuel unter anderem auch, dass ein gewisser Signore Emilio Natale aus Menaggio die Aktienmehrheit am Hotel „Monte Verde" besitzen und dies oft schamlos ausnützt würde.

„Darum bin ich Herrn Natale verpflichtet oder besser gesagt ausgeliefert! So beantwortet sich auch Ihre Frage, Herr Sabato, wer denn die Handynummer Ihrer Freundin Rosita kennen kann. Herr Natale kennt die Schuhnummer und die Kragenweite und das Intimleben aller hier weilenden Gäste, wann immer er nur will! Es ist zum Kotzen!"

„Der Herr Natale wird, wenn ich will, demnächst auch bei der Polizei kotzen müssen. Ich weiss inzwischen einiges über ihn!", erwiderte Manuel erbost und angewidert.

„Darf ich Ihnen einen guten Rat geben?" meinte der Direktor aus Natales Gnaden. „Legen Sie sich nicht mit diesem Mann an. Er hat auch dicke Freunde in der Regierung und bei der Polizei! Sie spielen sonst mit Ihrem Leben!"

„Danke für den Rat! Aber solche Spielchen habe ich schon als zwölfjähriger Junge in den Favelas von Rio gelernt. Dagegen ist das hier ein Kindergarten!

Der inzwischen durch Blutverlust gewiss etwas geschwächte Herr Natale muss *sich selbst* vorsehen, denn auch er spielt mit seinem Leben. Wenn er oder seine Kumpane Rosita nur ein Haar krümmen, dann sind sie alle dran!"

„Täuschen Sie sich nicht!"

„Nein, sicher nicht! Ich kann wenn nötig eine ganze Kompanie Auftragskiller aus Rio de Janeiro einfliegen lassen, um den ganzen Saustall auszumisten. Wir haben in Brasilien mehr solcher ‚Soldaten', als die ganze Provinz Como Mafiosi hat. Und diese machen gerne mal einen Ausflug nach Norditalien!"

„Dann waren Sie ein ‚grosses Tier' in jener Gegend?"

„Wenn Sie wollen und den Mut dazu haben, können Sie dies dem Herr Natale ja mal durchblicken lassen, damit dieser weiss, wo die Musik spielt! Wer weiss, eines Tages könnte dann dieses prächtige Hotel ‚Monte Verde' vielleicht sogar ganz Ihnen gehören!"

23

Der Lago di Como ist wirklich von vielen Seiten her schön. Auch am Lido in Como selbst gibt es tausend Sujets für Filme und Fotos. Nur das sogenannte Albergo „Montanara", eine ziemlich heruntergekommene Herberge, wird vermutlich selten fotografiert. Sucht jemand einen Handlungsort für einen Krimi in einem besonderen Genre, so könnte das Äussere durchaus für einige Aufnahmen hinhalten. Für Innenaufnahmen wäre dieses Stundenhotel vielleicht auch geeignet.

Rosita war blass und etwas verstört. Sie hielt sich aber tapfer und gegenüber ihren Aufpassern trotzig, ja sogar herablassend. Sie merkte bald, dass diese den Auftrag hatten, sie „unbeschädigt" zu halten. Ausser Drohungen und einigen groben Handgriffen war sie bis jetzt ungeschoren davongekommen.

Als vor Stunden unterhalb des Hotels „Monte Verde" zwei Kerle sie packten und den Mund zuhielten nach diesem anonymen Anruf, dem sie idiotischerweise gefolgt war, hörte sie nur, wie der eine zum andern meinte: „Ab mit ihr ins ‚Montanara' in Como!"

Der zweite zischte diesen an: „Halt doch die Schnauze!"

„Warum denn?", erwiderte Anselmo trotzig. „Die Dame spricht ja portugiesisch!"

„Schon mal davon gehört, dass Italienisch und Portugiesisch verwandte Sprachen sind?", meinte Paolo.

„Natürlich, du gebildeter Affe!", lästerte dieser zurück.

Rosita wurde nachher unsanft ins Auto geschubst. Gerade noch konnte sie in sehr gebrochenem Italienisch bitten, zwei Utensilien aus ihrer Handtasche behalten zu dürfen, den Lippenstift und die Taschentücher.

„Siehst du, sie spricht und versteht doch Italienisch", meinte Paolo.

„Ja und? Ich habe ja nur gesagt: Ab ins ‚Montanara'! Und damit könnte ich ja auch den berühmten Montanara-Chor gemeint haben!"

„Wirklich, du bist so dämlich, dass ich dies dem Chef melden muss!"

„Sag mir das zuvor, damit ich dir den Mund für immer stopfen kann!"

„Gerne, du Esel! Ich bestelle dann den Montanara-Chor zu deiner Beerdigung!"

24

„Wer steckt hinter dieser Entführung?", fragte sich Rosita wohl zum hundertsten Mal. „Lösegeld wird sicher niemand verlangen. Dieser Jemand wäre ja geradezu ein Idiot, denn bei mir ist nichts zu holen. Aber wo steckt um Himmels Willen mein Manuel? Die Besprechung bei Natale ist doch längst vorbei.

Ich dumme Gans bin auf diesen faulen Trick hereingefallen und habe sogar mein Handy liegen gelassen. Steckt vielleicht dieser Emilio Natale hinter der ganzen Schweinerei? Dieser Lustmolch hatte mich kürzlich mit seinen Augen förmlich ausgezogen. Darum bestand Manuel so sehr darauf, dass ich der Einladung in seine Villa am See nicht folgen soll und ging allein hin! Es war also nicht einfach seine Eifersucht, die mir natürlich schmeichelte!"

„Mein Gott, ist Manuel in Lebensgefahr? Oder gar schon tot? Wenn ja, dann soll mich dieser Natale kennen lernen. Dann wird aus einem Lamm eine Löwin!"

Ohne Anklopfen polterte ihr etwas stumpfsinniger Wächter in den kleinen Raum und schmiss auf einem Plastikteller eine riesige Portion Spaghetti Bolognese vor sie auf den wackeligen Tisch. Ein Set Plastikbesteck steckte zum Glück in einer Folie in seiner schmutzigen Hemdtasche. „Ich kann also doch ohne Schaudern diesen Frass hinunterwürgen!"

„Grazie Mille", lächelte Rosita diesen Nachkommen eines Neandertalers an und streckte ihm gleich anschliessend die Zunge raus.

„Habt ihr Angst, ich sei Mitglied der Al Kaida, dass nur Plastikwerkzeug geliefert wird? Mit dir mache ich mir die Hände nicht schmutzig, du dummer Klotz! Ah, natürlich! Entschuldigung, du weißt natürlich nicht einmal, was Al Kaida ist?! Das sind die, die aus dir irgendwann mal Kleinholz oder Hackfleisch machen werden!"

Wortlos drehte sich „der Klotz" um und trottete mit stumpfem Blick hinaus. Irgendwie musste er aber doch etwas verwirrt geworden sein, denn er vergass die Tür abzuschliessen.

Trotzdem begann Rosita zu essen. „Ich muss bei Kräften bleiben! Später will ich leise nachsehen, wo der Gorilla seine Wache schiebt. Vielleicht ist es auch ein Glück, dass ich das Handy fallen liess. Vielleicht wird es gefunden. Der etwas dümmliche

Trick mit dem Papiertaschentuch wirkt vermutlich doch nur in Märchen!"

25

Im Albergo „Montanara" wurden heute alle Gäste abgewiesen mit der wenig freundlichen Bemerkung: „Wir sind ausgebucht!" Dabei sah man hinter der schmuddeligen Rezeption etliche der altertümlichen und klobigen Schlüssel hängen. Aber natürlich, diese Gäste waren momentan alle unterwegs!

Der Portier und zugleich Concierge lungerte mit verdrossenem Gesicht herum und starrte uninteressiert in eine zerfledderte Zeitung. Er trank heute bereits den fünften höllisch starken Espresso! Nun, er war ja auch schon viele Stunden auf den Beinen.

„Was will denn mein Boss mit der dummen Kuh da hinten im schalldichten, geschlossenen Zimmer? Hübsch ist sie ja, nein, sogar verführerisch! Ich weiss, er ist immer geil nach frischem Fleisch; aber hat er es nötig, seine Täubchen einzusperren? Die laufen ihm doch sonst nach!"

„Abgeschlossen, eingesperrt?", fragte sich der Klotz plötzlich erschrocken.

„Dieses Luder hat mich tatsächlich einen Moment aus der Fassung gebracht. Ich verriegelte nach dem Futterbringen vermutlich die Tür gar nicht mehr! Ich muss sofort nachschauen. Wenn der Vogel ausfliegt, so fliege ich auch, vielleicht für immer. Der Comer See ist tief, und ich kann nicht schwimmen!"

Beunruhigt schlich er zur Tür zurück, hinter der Rosita festgehalten wurde. Sein zuvor dümmliches und steinernes Gesicht wurde plötzlich eine Spur wacher und erschien sogar intelligenter. Bestrafungen vor Augen lässt manchen vorsichtiger und sogar schlauer werden.

Als er vorsichtig die wirklich nicht abgeschlossene Tür öffnete, geschahen zwei Dinge in einem Augenblick. Er erhielt einen schäbigen alten Stuhl auf den Schädel geknallt, der in viele Teile zersplitterte und ihn einen kurzen Moment benommen machte. Rosita schlüpfte wie ein Wiesel aus ihrem Gefängnis und stürmte aufs Geratewohl hinaus.

Manuel suchte zur gleichen Zeit an der Rezeption vergeblich nach einem Bediensteten und hörte von irgendwoher da hinten ein Geräusch von splitterndem Holz und das laute Gebrüll eines Mannes.

Auf das laute Rufen Manuels fand Rosita ihn irgendwo in den verzweigten Gängen des alten und schäbigen Hauses. Sie floh in seine Arme und suchte Schutz und Zärtlichkeit zugleich. Doch dafür war keine Zeit, denn hinter den beiden torkelte mit blutigen Schrammen im Gesicht wie eine Frankenstein-Figur der Klotz daher. Er musste doch mit aller Kraft seinen Job und vor allem sein Leben retten. Und das hiess, dieses verwegene und heimtückische Weib wieder hinter Schloss und Riegel zu bringen.

Nur mit solchen Gedanken kam er bei Manuel wirklich an den Falschen! Dieser schmetterte ihm die Faust derart ins Gesicht, dass der „Haremswächter" einige Zähne verlor und das Nasenbein brach.

„Irgendwie erinnert mich dies an eine Szene, die kürzlich in diesem Land ein bekannter Politiker erlebte", grinste trotz dem Ernst der Situation Manuel vor sich hin.

Auch seine Faust blutete! Vermutlich vermischte sich vom heftigen Schlag sein eigenes Blut mit dem aus der Visage des Aufheulenden. „Trotzdem werden wir niemals ‚Blutsbrüder' werden", meinte Manuel mit schmerzverzehrtem Gesicht, aber doch erlöst lächelnd.

„Komm Rosita, wir müssen so schnell wie möglich abhauen. Natale hat sicher überall seine Knechte! Mich wundert's überhaupt, dass hier nur ein einziger Gorilla eingesetzt ist. Er leidet vielleicht doch an Personalmangel! „Wir müssen sofort zurück zum Albergo ‚Monte Verde' und dann von dort mit Maria weg in die Schweiz. Wir sind hier nirgends mehr sicher!"

„Wer ist Maria?", fragte Rosita gedehnt und sehr misstrauisch geworden.

„Das erkläre ich dir alles auf dem Weg zurück ins Hotel und beim Packen unserer Habseligkeiten", meinte Manuel hastig. „Sei um Himmels Willen jetzt nicht eifersüchtig!"

„Habe ich nicht Grund dazu?"

„Absolut nicht!" Aber bei sich dachte Manuel: „Selbst hier wartet vielleicht Zoff! Maria ist wirklich hübsch. Nicht umsonst schleppte Natale sie ins Bett!"

26

Der besagte Herr Natale humpelte in seiner Villa herum, von steten Zornausbrüchen und von Schmerzen geschüttelt. Nicht nur darum, weil dieses Luder Maria, vermutlich zusammen mit diesem ehemaligen Favela-Boss, um die zehntausend Euro Bargeld mitlaufen liessen. Er tobte viel mehr, dass er sich übertölpeln liess.

Zudem hatte dieser verfluchte Dottore ihm vermutlich absichtlich nicht die stärksten Schmerzmittel verordnet, um ihn etwas leiden zu lassen. Oder waren seine Verwundungen wirklich so schwer und so gross?

Noch grössere Sorgen bereiteten ihm einige ebenfalls verschwundene, zum Teil brisante Papiere. „Gut, diese sind meist in Englisch abgefasst und zum Teil verschlüsselt. Aber man findet immer Leute, die solche Dokumente gern entschlüsseln für einen netten Betrag. Jetzt bin ich vermutlich jederzeit erpressbar!"

Natale platzte nahezu vor Wut. Auch vor Wut über sich selbst, dass er in der Hast künftiger Pläne solche

Papiere nicht einem Bankentresor anvertraute. Wut auch, dass er keine grösseren Sicherheitsvorkehrungen getroffen hatte.

„Ich habe diesen Kerl aus Rio unterschätzt! Dies passiert mir aber nur einmal! Der Kripo-Chef von Como ist ja sprichwörtlich ‚mein Freund und Helfer', wie es sich für die Polizei gehört. Jetzt muss er mir helfen, wenn er nicht selbst wegen mancher Schweinerei mithängen will!"

Was für Schweinereien denn? Nun, eigentlich immer das Gleiche, solange es Menschen gibt! Nachschub an Waffen oder Waffenteilen für Möchtegern-Revolutionäre und Spinner-Fundamentalisten. Nachschub von Rauschgift aller Art. Und natürlich Nachschub von „Frischfleisch" für ewig geile und vorwiegend ältere Herren. Dagegen sind Alkohol- oder Zigarettenschmuggel mühselige und kaum sich lohnende Dinge!

Zunächst raste Natale mit seinem Maserati hinauf zum „Monte Verde", um dort mit dem Direktor ein ernstes Wörtchen zu reden. Immer noch von Schmerzen geplagt, liess der Ärger seine Wut ins Unermessliche steigen. Direttore Priore empfing Herr Natale mit säuerlicher Miene und meinte innerlich doch etwas triumphierend: „Buon giorno, Signore! Die ‚Vögel', die Sie vermutlich suchen, sind soeben ausgeflogen!"

„Wohin?", meinte Natale barsch und kurz.

„Mit unbekanntem Ziel abgereist! Ich vermute, längst über die Grenze nach Svizzera!"

„Sind Sie sich über die Folgen für Sie persönlich im Klaren? Über fünfzig Prozent des Aktienkapitals Ihres Schuppens gehören mir!"

„Völlig im Klaren, Signore! Aber sehen Sie sich vor. Ihre ‚Perle' Maria hinterliess mir aus Dankbarkeit einige Papiere. Ja, ich weiss, in Englisch, und auch verschlüsselt! Aber die einzelnen Eurobeträge, die Namen der Kunden und deren ‚Serviceansprüche', die Einnahmen aus Videoaufnahmen, kann auch ich in Englisch lesen. Dies und viele Daten mehr sind nicht verschlüsselt. Drohen Sie mir nicht mit der Polizei? Ich weiss um Ihre guten Kontakte auch dort.

Inzwischen kenne ich beim Personal dieses nach Ihren Worten ‚Schuppen' auch Ihre Mittelsmänner. Es gibt aber selbst in Italien noch eine unabhängige Presse. Gerade diese ist scharf auf solche brisanten Storys. Mich zu ermorden, bringt auch nicht den erhofften Effekt, denn meine neusten Erkenntnisse sind schon per Einschreiben unterwegs zu einem mir loyal gesinnten Anwalt!"

„Sie sind per sofort entlassen!", brüllte Natale.

„Danke! Darf ich noch um die vertraglich vereinbarten drei Monatssaläre beim Austritt bitten? In bar natürlich! Bei solchen Ehrenmännern wie Ihnen weiss man ja nie so richtig? Übrigens: Mit mir werden einige der Angestellten Ihre Dienste auch nicht mehr in Anspruch nehmen. Sind Sie flüssig genug, um allen gleich ebenso in bar das Salär auszuzahlen?"

„Geh doch zu Hölle!"

„Da lasse ich Ihnen gerne den Vortritt! Viel Glück bei der Suche nach geeignetem neuen Personal für diesen ‚Schuppen'! Wer weiss, vielleicht sehen wir uns beim Verkauf von ‚Monte Verde' wieder. Immerhin gehören mir noch genau zwanzig Prozent des Aktienkapitals! Übrigens: Ein gewisser Signore Pietro Sardini hat hier angerufen. Er fand Sie in ihrer Villa nicht. Sie wüssten schon, um was es gehe!"

Wortlos, sprachlos, und das heisst bei Natale etwas, vor Hass und Wut fast zerplatzend, raste dieser vom „Monte Verde" hinunter zum „Montanara, immer noch den höhnischen Ruf des Direktors dröhnend in seinen Ohren: „Wir warten auf unser Geld oder dann auf einen Prozess, sehr geehrter Herr Natale!"

Als im „Montanara" der Gorilla ebenfalls ausgeflogen war und alle Zimmer leer standen, war für Natale das Mass voll. Einem Herzinfarkt nahe, raste er weiter zum Chef der Kriminalpolizei. Sein Wagen wurde dabei etwa dreimal geblitzt!

Der Chef aber war für einige Tage verreist zu einem Kongress! Wohin? Nach Venezia natürlich. Dort ist es immer interessant, vor allem wegen der vielen alleinstehenden Touristinnen aus allen fünf Erdteilen.

118

Nach dem Sturmwind oder besser gesagt Tsunami und der Achterbahnfahrt der Gefühle verwandelte sich das Innere Natales interessanterweise in einen noch nie bewusst erlebten starken Minderwertigkeitskomplex.

„Ich bin ein totaler Versager! Ich bin vermutlich den heutigen Anforderungen in unserem Gewerbe gar nicht mehr gewachsen. Soll ich nochmals probieren nach oben zu schwimmen oder soll ich endgültig ‚untertauchen' und irgendwo meinen Lebensabend geniessen?"

Diese Frage wurde Natale von niemandem beantwortet. Irgendein grosses „Tier" gab den Befehl, Natale auszuschalten. Man fand ihn einfach nicht mehr und vermutete sein „Untertauchen".

Dass dies sogar wörtlich zu nehmen ist, das kam niemandem in den Sinn. Wer sucht schon im tiefen Seegrund des Lago di Como nach Leichen?

Aber ist der oder das, was nachkommt, besser? Kaum!

Immerhin, einige seiner Freunde oder besser gesagt Kumpane waren heilfroh, ihr Leben ohne Natale und dessen brisantem Wissen weiter leben zu können.

27

Rosita, Maria und Manuel trafen schliesslich total erschöpft und geschafft in Lugano ein. Die Pass- und Zollkontrolle war einmal mehr kein Problem. Der freie Personenverkehr, das sogenannte Schengen-Abkommen zwischen der Schweiz und der EU, macht sich wirklich bemerkbar. Zudem sahen die drei auch nicht wie Steuersünder aus, die von Italien her ihr Geld im Tessin bunkerten, sondern eher wie übernächtigte Touristen.

Zwischen Rosita und Maria flogen zwar trotz der Sterbensmüdigkeit Blicke hin und her wie Blitze vor einem Gewitter. Und dies, obwohl Manuel beiden alles zu erklären versuchte. Irgendwie fühlte sich dieser aber durch den „Krieg der Weiber" fast ein wenig geschmeichelt. Dem Ego welchen Mannes würde es nicht so ergehen?

Maria „beruhigte" Rosita einigermassen mit ihrer Feststellung: „Sei nicht eifersüchtig auf mich, Rosita! Ich danke Manuel immer dafür, dass er mich durch Flucht aus der Hölle befreit hat. Aber ich weiss, *du* bist für ihn bestimmt und dass er mit *dir* in ein Paradies der Liebe flüchten wird."

„Ich versuche wie viele meiner Landsleute, hier in der Schweiz eine Anstellung zu finden und mein Glück zu suchen. Das ‚Startkapital' der zehntausend Euro wird mir helfen. Bleiben wir Freundinnen und keine Rivalinnen. Zudem hoffe und glaube ich, dass Natales Macht in der Lombardei bröckelt und er mir hier nicht mehr gefährlich werden kann! Auch behalte ich an einem sicheren Ort gewisse belastende Papiere auf. Das ist eine Art Lebensversicherung. Zudem habe ich noch einige Rechnungen offen in Portugal. Eines Tages gehe ich dorthin zurück, um diese zu begleichen!"

„So, jetzt ist es aus und fertig! Jetzt habe ich genug!", entschied Manuel.

„Diese ganze sogenannte industrialisierte westliche Welt kann mich mal! Auch ich gehe zurück, und zwar wieder in die Favelas von Rio. Dort war ich ein grosser, aber doch kleiner Mann. Ich habe nun genug gesehen auf dieser Seite der Erdkugel. Ich will in Rio ein kleiner, aber auf andere Art grosser Mann sein!"

„Mein Priester Ernesto Engelhardt steht mir täglich vor Augen. Nein, er spricht mir sogar in die Seele. Ich höre ihn förmlich mir zurufen: ‚Komm zurück, Manuel'!"

„Wenn das mit mir irgendwann noch tausend andere tun, so bessert sich die Welt zwar nicht um hundert Prozent, aber vielleicht um ein paar Millimeter! Dann hat sich mein Leben gelohnt! Rosita, kommst du mit?"

„Mit dir überall hin! Nein, das ist kein Schwulst, das ist meine Überzeugung und das ist meine Liebe zu dir!"

Zweites Buch

Kleiner, aber grosser Mann!

1

Rio de Janeiro ist wirklich jedes Mal beim Anflug schon aus der Luft gesehen eine Sensation! Ein Märchenbild, das sich in die Seele brennt!

Jeder sucht natürlich im unendlichen Häusermeer und der verschlungenen Küste sowie den malerischen Hügeln zuerst nach den Wahrzeichen der Stadt, die achtunddreissig Meter hohe Christusstatue, den Zuckerhut, die Copacabana, um zu „beweisen", wie gut er sich auf den Besuch dieser Megastadt vorbereitet hat und wie umfassend sein Wissen ist.

Manuel suchte alle diese Wahrzeichen nicht. Er kannte sie zur Genüge. Aber innerlich aufgeregt, ja, gar aufgewühlt, wartete er ungeduldig auf die Landung seines Flugzeuges. Dabei hielt er die Hand von Rosita fast etwas zu verkrampft fest.

„Die Krake und ihre Tentakel sind wieder gewachsen", konstatierte er, als er mit Rosita stracks zur Insel Governador in seine „Heimatfavela" eilte. Manuels Haus war noch recht gut instand. „Dafür hat gewiss mein Freund und Priester Ernesto Engelhardt gesorgt", meinte er zu Rosita. „Komm, wir wollen ihn sofort besuchen. Er soll uns so schnell wie möglich trauen!"

„Ja, mein lieber werdender Vater, es wird allmählich Zeit!" Unser Baby strampelt schon ein wenig gegen meine Bauchdecke!", meinte Rosita verschmitzt.

„Du bist schwanger? Wirklich? Und von mir?", fragte Manuel mit leuchtenden Augen. So hatte wohl sein Schnurrbart noch nie gewackelt. Er nahm vor dem wohl vieles gewohntem Taxichauffeur seine Rosita so stürmisch in die Arme, dass sie leise aufschrie!

„Au, du bist ein Grobian! Und noch einmal eine so freche Frage, dann haue ich dir das erste Mal eine runter!", lachte sie schallend.

„Belästigt Sie dieser Senhor, Madame? Soll ich ihn rausschmeissen?", fragte der Chauffeur, belustigt diese Szene im Rückspiegel betrachtend.

„Warten Sie noch ein wenig! Vielleicht benimmt er sich ja ausnahmsweise wieder mal anständig!"

2

„Du bist wieder zurück?", dehnte Engelhardt erstaunt bei Manuels Anblick, erstaunt und zutiefst erfreut zugleich. Ebenso erstaunt und zutiefst erschrocken erblickte Manuel seinen wohl einzigen wahren Freund. Eingefallen im Gesicht, die Augen wie aus dunklen Höhlen blickend, abgemagert bis zum Skelett, lag dieser auf seiner Pritsche.

„Um Himmels Willen, Priester Engelhardt, was ist mit Ihnen?", stotterte Manuel. „Wir müssen sofort einen Arzt kommen lassen!"

„Mir hilft kein Arzt mehr", lächelte dieser müde. „Mein Schöpfer ruft mich zu sich. Ich habe nur noch eine Sorge! Wer übernimmt hier meine Arbeit? Du hast also meinen stillen Ruf gehört, Manuel! Also doch gehört in deiner verruchten und doch so feinfühligen Seele!"

„Quatsch, Sie müssen ins Krankenhaus!", entgegnete Manuel entrüstet.

„Ohne weiter darauf einzugehen, meinte Ernesto Engelhardt: „Papperlapapp! Erzähle mir von deiner Reise, und vor allem auch, wie du diesen Engel an deiner Seite gefunden hast. Und dazu trinken wir zusammen eine Flasche guten Rotwein. Das ist gesünder als alle Chemie und Medikamente. Schon der Apostel Paulus empfahl seinem Schüler Timotheus für seinen schwachen Magen täglich etwas Wein. Stellt euch mal vor, wie gross wohl damals die Becher und Tonkrüge gewesen sein mögen!"

„Und wie sauer der Wein vermutlich war!", ergänzte Manuel.

Es gab ein langes Erzählen, eine lange Geschichte. Nur ab und zu unterbrochen durch Hustenanfälle von Engelhardt und durch trocken Lippen der Fragenden und Erzählenden. Drei Menschen besonderer Art konnten sich wohl kaum je näher sein.

3

Im Verlauf des langen Gesprächs, bis weit über Mitternacht hinaus, in dem Manuel erzählte und erzählte, blühte Engelhardt für eine gewisse Zeit förmlich wieder auf. Dann meinte er nahezu philosophisch:

„Ich habe mal gehört, dass das menschliche Gehirn durchschnittlich etwa 1300 bis 1500 Gramm wiegt, und dass vermutlich um die hundert Milliarden Nervenzellen vorhanden sind. Wissenschaftler behaupten sogar, dass ein Grossteil des Gehirns gar nicht benutzt und somit die Kapazität gar nie ausgeschöpft wird."

Er fuhr dann fort: „Und wie viel ‚wiegt' wohl die Seele? Man findet sie nicht, nicht mal beim Sezieren einer Leiche. Man weiss nicht, wo diese Seele ‚sitzt' in unserem Körper! Im Hirn, in der Brust oder sonst wo? Darum ist die Seele für manchen nicht existent. Aber ich behaupte, in der Seele könnte noch viel mehr gespeichert werden als im Hirn. Leider aber bleibt auch hier der weitaus grösste Teil ungenutzt! Dabei spürt man doch ihre Regungen, selbst bei

Emotionen aller Art. Dies einfach alles dem Gehirn oder sogar einem Instinkt zuzuschreiben, ist nun wirklich zu simpel und zu einfach!"

„Ja, ja! Aber was hat dies mit Ihrem gegenwärtigen Zustand zu tun?", meinte Manuel ungeduldig.

„Viel, sehr viel! Diese meine Seele mit ihrer unendlichen Speicherkapazität flüstert mir zu, dass ich vor meiner letzten Reise stehe und dass ich einen Nachfolger brauche. Manuel, dein Innerstes ist noch zu viel verschüttet mit den Problemen dieser Zeit und Welt. Ich möchte diese noch etwas feinfühliger gestalten vor meiner ‚Abreise'. Deine Rosita ist dir in Sachen Seelenkapazität vermutlich um ‚Gigabytes' voraus! Übrigens: Wollt ihr nicht heiraten?"

„So bald wie möglich", riefen beide erfreut.

„Also, ich hoffe nun doch, noch so lange auf dieser blöden Welt zu sein, bis ich nach eurer Hochzeit euer erstes Kind taufen kann. Gnade euch Gott, wenn ihr ohne kirchlichen Segen heiratet und euer Kind nicht taufen lassen wollt!", lächelte Engelhardt. „Es kommt mir nämlich vor, dass bei euch bereits etwas unterwegs ist!"

„Als Priester haben Sie aber einen sehr aufmerksamen Blick für die weibliche Anatomie!

Bis es soweit ist, müssen Sie aber mit uns noch manche Flasche von diesem vorzüglichen Rotwein köpfen!", lächelte Manuel zurück.

Rosita und er bemerkten, dass Engelhardt wieder blass und schwach geworden war und verliessen ihn leise mit der Zusicherung, so oft wie möglich bei ihm hereinzuschauen.

4

Rosita meinte zu Manuel, ziemlich erstaunt über sein relativ gutes Haus in diesem Elendsviertel: „Dein Priester Engelhardt ist schon eine bemerkenswerte Persönlichkeit. Ich bin förmlich von ihm fasziniert! Und komm jetzt nicht deinerseits mit Eifersucht. Leider liegt dieser Mann im Sterben!"

„Ja, ohne Zweifel! Und wenn es Engel gibt, dann ist er ein solcher. Er hat mich manches Mal vor der Verzweiflung gerettet. Wenn bei ihm nur nicht immer diese übertriebene Religiosität durchdringen würde!", erwiderte Manuel.

„Ohne diese wäre er nicht, was er ist! Und ohne diese hätte er dir auch nicht helfen können. Ihr wärt heute vermutlich beide absolute Zyniker und Nihilisten

Der Fortgang ihrer Diskussion würde einen Atheisten vermutlich zum Kochen bringen und den wirklich Glaubenden Anlass zu neuer Hoffnung geben.

Aber auch sie holte die harte Realität des zum Teil mörderischen Überlebenskampfes sehr schnell wieder ein.

Bald merkte Manuel, dass seine alten Freunde in den Favelas ihn nicht mehr kennen wollten. Er war für sie ein Fremder geworden, ja sogar ein Paria, ein Aussätziger. Längst war ein anderer Kleiner ein Grosser geworden, sinnigerweise mit dem Namen Jesus Maria Ramos! Und dieser war ihm alles andere als grün gesinnt. Er fürchtete um seine mühsam erkämpfte Stellung und meinte unter anderem:

„Zum Geistlichen geht man zwar zur Not, aber man schleicht sich dort nicht ein! Und das genau tut dieser Manuel mit seiner noblen Dame Rosita. Wollen wir ihm mal tüchtig zeigen, dass er wieder abhauen soll?"

Er fand brummend und nickend bei einigen seiner Leute Zustimmung. Aber da waren doch auch etliche, die Manuel viel zu verdanken hatten und ihn sogar verehrten. Einer, dem er sogar mal in einem Bandenkrieg das Leben gerettet hatte, schlich sich in einem unbewachten Augenblick zu Manuel, um ihn zu warnen vor möglichen Entwicklungen und Verwicklungen.

Aber unbewachte Augenblicke? Gibt es diese in den Favelas überhaupt?

5

„Manuel in die Favelas zurückgekehrt!" Priester Engelhardt war darob zufrieden, nein sogar glücklich. Seine Visionen verliessen ihn selbst im Angesicht des Todes nicht. Er wollte stufenweise aus den Slums einen nach wirklich christlichen Grundsätzen geführten Mikrokosmos gestalten. Als eines der Werkzeuge dazu sah er schon vor Jahren „seinen" Manuel. Würde dann mit der Zeit dieses Beispiel Schule machen, so könnte längerfristig vielen ein einigermassen anständiges und vor allem sinnvolles Leben gegeben werden.

So schickte er Manuel bewusst und „sanft" in die weite Welt. Dort sollte er Glanz und Gloria sehen und kennenlernen, aber auch die oft so hohle Genuss- und Konsumgesellschaft mit der manchmal gähnenden inneren Leere. Erst nach solchem eigenen Durchleben wurde Manuel vielleicht „reif", nicht dort mitzumachen, sondern hier in den Favelas etwas zu bewirken.

Zudem sah sich Engelhardt unter seinen geistlichen Amtskollegen in den Slums um, damit hoffentlich einer davon zusätzlich seine Arbeit übernehmen sollte. „Schafe ohne Hirten sind eine Beute für die Wölfe! Und ich brauche einen Hirten mit ein paar Tropfen Wolfsblut in seinen Adern!"

Warum er selbst vor Jahren bewusst Europa und Deutschland verlassen hatte und sich hier ansiedelte, dieses Geheimnis wollte er mit ins Grab nehmen. Er war einfach zutiefst enttäuscht von grossen Teilen des Klerus, von der Amtskirche, von veralteten und verlogenen Ansichten Roms wie den Zölibat, die Marienverehrung, das Problem der Schwangerschaftsverhütung, das weltweit ohnehin kaum mehr wenige Prozent der Katholiken mittragen konnten, die feine, aber gerissene und bestimmte Einmischung in politische Prozesse, die Verfälschung der Lehre Jesu in so manchen Dingen.

So reifte sein Entschluss, in irgendeinen Slum zu gehen und dort eine andere Art von Theologie zu praktizieren. Der Erfolg seiner Arbeit gab ihm Recht. Andernorts leerten sich die Kirchen immer mehr. Und hier in den Favelas, in denen es kaum Kirchen gab, wuchs die Zahl der Gläubigen.

„Donnerwetter noch einmal! Warum kann man denn nicht endlich den Zölibat abschaffen? Warten, bis es keinen Priesternachwuchs mehr gibt? Petrus, nach römischer Lesart auch der erste Papst, war doch auch verheiratet! Sollen denn viele Kleriker durch

Entzug normaler Sexualität schwul werden und gar Kinderschänder?"

Dass sein Wegzug auch noch verstärkt wurde durch eine tiefe, aber wegen seines Amtes unmögliche Liebe zu einer Frau, nun das geht wirklich niemanden etwas an!

Allen diesen Problemen und noch mehr wollte Engelhardt unter dem einfachsten, aber gläubigen Volk ausweichen und wirklich Gutes bewirken. Nur merkte er bald, dass hier andere Fragen und Probleme im Vordergrund standen. Und diese sind nicht immer identisch mit Glaubensfragen. „Genau solche Probleme könnte eher ein Mann wie Manuel anpacken!", sinnierte er schon längere Zeit.

„Wie könnte vielen Menschen in den Favelas im Moment besser geholfen werden als mit schönen Psalmworten?" Damit beschäftigte sich Engelhardt Tag und Nacht!

„Zum Beispiel mit sauberem Trinkwasser durch Wasseraufbereitungsanlagen. Das Wasser oder besser gesagt die Pfützen hier wimmeln ja nur so von Bakterien und Viren. Fäkalien besser entsorgen, die nötigsten Medikamente gratis verteilen, Verhütungsmittel erklären und anwenden. Allein damit wäre schon ein grosser Wandel zu einer besseren Lebensqualität geschaffen!"

6

Man kennt zwar die Todesstrafe in Brasilien nicht mehr. Diese kann nur noch im Kriegsrecht angewandt werden. Aber herrscht nebst dem Wirtschaftskrieg der Grossen nicht auch in den Favelas ein richtiger Bandenkrieg? Und hier verbietet kein staatliches Gesetz explizit die „Todesstrafe im Kriegsrecht"!

So erfolgte eine eigentliche Hinrichtung eines jungen Drogenhändlers, weil dieser geschwatzt hatte und aussteigen wollte. Und dies in einem Krankenhaus der untersten Klasse in den Favelas. Die offizielle Lesart des zuständigen Arztes war einfach Herztod! Wen kümmert dies denn hier? Und wer kontrolliert?

Zudem wurde der Mann als etwas geistesgestört taxiert. Nachdem er zunächst offiziell am Herzen operiert, inoffiziell aber regelrecht „ausgeschlachtet" wurde, alles unter den Augen einiger korrupten Chirurgen und eines bestechlichen Spitaldirektors, konnten dem internationalen Organhandel gesunde

Nieren und andere gesuchte Organe zugeschoben werden. Und dies natürlich zu Spitzenpreisen.

Die Wartelisten sind lang und die Preise explodieren. Also war der Gewinn für diese ehrenwerten Herren exorbitant! Einmal damit begonnen, reizt diese Art Geldzufluss natürlich ungemein.

Man suchte sogar vor allem junge Burschen auf der Strasse mit gesunden Nieren.

„Du hast deren zwei, mein Junge. Aber du brauchst nur eine zu einem guten Leben. Und dass du wirklich ein gutes Leben führen kannst, zahlen wir dir für die eine Niere, die wir dir schmerzlos entnehmen, einen wirklich verlockenden Betrag, der dich aus der grauen Masse herauszieht. Du lebst bei uns zwei oder drei Tage wie in einem Luxushotel. Was bleibt, ist eine kleine Narbe, die sogar manche Frau reizvoll an dir finden wird!“

Bis diese scheusslichen Vergehen am hypokratischen Eid und solche Verbrechen aufgedeckt wurden, dauert es vermutlich Jahre! Aber eines Tages platzte die Bombe! Und zwar von einem jungen Mann, dem eine Niere „geklaut“ wurde und nun nach zwei Jahren wegen Problemen mit der einen verbliebenen Niere zum Arzt ging.

„Woher rührt diese Narbe“, fragte Doktor Algaros seinen jungen Patienten Paolo.

Dieser erzählte nun dem Arzt, was sich vor zwei Jahren abspielte, soweit dieser damals überhaupt alles mitbekam.

„Das ist eine verdammte Schweinerei!", rief zornesrot Algaros. „Wo befindet sich dieses teuflische sogenannte Krankenhaus?"

Aber Paolo kannte weder Adresse noch irgendwelche Namen der dort tätigen Ärzte. „Ich würde das Gebäude vermutlich schon wieder finden. Es liegt in den Favelas auf der Insel Governador", erklärte er schüchtern.

„Das werden wir gemeinsam suchen!", donnerte der Arzt. „Diesen Schweinen dort werden wir das Handwerk legen. Die verlieren nicht nur ihre Approbation, sondern wandern sogar in den Knast! Vermutlich operieren dort schon solche Pfuscher mit vom Alkoholgenuss zittrigen Händen ohne Zulassung. Hand in Hand arbeiten in solchen Horrorkliniken auch die sogenannten ‚Engelsmacherinnen', die jungen Mädchen helfen, ihre Schwangerschaft abzubrechen."

„Sag mal, Junge, was hast du denn für deine Niere gekriegt?"

„Umgerechnet etwa 300 Dollar! Das war für mich ein Vermögen!"

„Und für die Saukerle etwa ein Prozent des Betrages, den diese erschlichen haben. Man zahlt heute bis 30'000 Dollar für eine Spenderniere! Die Warteliste ist unendlich gross!"

Was Doktor Algaros dem Jungen vorerst verschwieg: Paolo hatte Aids und war zuvor vermutlich schon längere Zeit HIV-positiv! Vielleicht war seine damals entnommene Niere auch schon befallen. Und der vermutlich „reiche Sack", dem dieses lebensrettende Organ transplantiert wurde, ist vielleicht nun auch schon infiziert.

7

Der „reiche Sack" mit seiner Spenderniere war etwa zur gleichen Zeit bei seinem ihn regelmässig durchcheckenden Professor. Dieser stellte tatsächlich fest, dass sein Patient vermutlich HIV-positiv war. Vorläufig sagte er seinem gutsituierten Patienten nichts von seinem Verdacht. Er wollte zuerst ein zweites unabhängiges Gutachten einholen.

Er meinte lediglich zum Herrn Bankdirektor und CEO einer angesehenen Privatbank in Rio: „Hör mal, Junge, hattest du in letzter Zeit ungeschützten Geschlechtsverkehr mit einem oder mehreren unseren verführerischen Mädchen beim Karneval von Rio?"

„Warum fragst du mich so einen Quatsch?", sagte Senhor Dias etwas beleidigt zu seinem Freund und Arzt.

„Nur so", dehnte dieser. „Ich bin mir nicht ganz sicher, aber in deinen Blutwerten ist etwas nicht ganz Definierbares vorhanden. Ich schicke dich sicherheitshalber noch zu einem Freund von mir zu einem weiteren Test! Keine Bange, du hast eine Konstitution wie ein Pferd. Einfach nur sicherheitshalber!"

„Ihr Ärzte seid doch allesamt Heuchler und Lügner! Sag mir einfach: Wie lange habe ich noch zu leben?"

„Wenn du nicht von einem deiner betrogenen Bankkunden abgemurkst wirst, vielleicht noch lange!"

Professor Delgado liess seine Verbindungen spielen und zog hier mal andere Fäden als beim Zunähen nach Operationen. Nach vielen Recherchen und kleinen Trinkgeldern fand er heraus, von welchem sogenannten Krankenhaus aus die Spenderniere für seinen Banker geliefert wurde. Alle offiziellen medizinischen und staatlichen Stellen wurden damals ziemlich ausgetrickst. Aber wer fragt denn lange nach, wenn die OP dringend und das nötige Geld der Privatpatienten vorhanden ist?

8

Als Professor Delgado mit seinem CEO-Patienten in Begleitung eines „hohen Tieres" der Polizei endlich bei dieser sonderbaren Klinik ohne eigentlichen Namen eingetroffen war, brannte der ganze Komplex wie Zunder.

Sie sahen lediglich noch, wie ein „verkehrtes" Rotes-Kreuz-Emblem aus Blech langsam in der Hitze des Brandes schmolz. Warum verkehrt? Vielerorts verwechseln auch heute noch viele das Wappen der Schweiz mit dem Emblem des Roten Kreuzes.

Der Gründer dieser Organisation, der Schweizer Henry Dunand, suchte damals ein Symbol für seine Idee und kehrte dafür einfach das Schweizer Hoheitszeichen um, nämlich vom weissen Kreuz im roten Feld zum roten Kreuz im weissen Feld! Das ist vielen bis heute nicht bekannt. Nur sollte man annehmen, dass wenigstens medizinisches Personal soviel Wissen besitzen sollte. Man hat ja schliesslich auch akzeptiert, dass der Islam dieses Kreuz nicht akzeptiert. Es könnte ja christlich angehaucht sein, und darum bestand man auf den roten Halbmond. Und Israel wiederum suchte seinerseits ein eigenes Symbol!

Als wenn es bei der Rettung aus Schmerz und Not, bei der Hilfe für Gefangene und Gefolterte oder bei Katastropheneinsätzen eine Rolle spielt, ob ein Symbol der eigenen Religion schaden könnte! Wie blöd sind doch die Menschen! Hilfe ist Hilfe, ob diese von einem Moslem, Christen oder Juden kommt.

Paolo, der Aidskranke und damit wohl zum baldigen Tod Verurteilte, und sein Doktor Algaros, hatten ganze Arbeit „geleistet". Sie warnten allerdings vor ihrem Anschlag das Krankenhaus vor einem geplanten Attentat, um nicht unschuldiges Leben zu vernichten. Diese Warnung wurde aber offensichtlich in den Wind geschlagen. Darum kamen beim Brand wieder einmal etliche Unschuldige zu Schaden. Einige verkohlte Leichen konnten sogar nicht mehr identifiziert werden. Keine Versicherung zahlte! Und die wirklich Schuldigen hatten sich natürlich zuvor abgesetzt.

Die Presse war in diesem Fall nicht sonderlich interessiert. Die Favelas waren kein reisserisches Thema. Drei Zeilen oder mehr? Mal sehen, ob wir Platz haben. Kommt ganz darauf an, was in der Welt sonst noch passiert! Die Polizei ermittelte schleppend und träge. „Man findet in diesem Haufen ja doch nichts!", war der Tenor. „Die Banden dort rechnen unter sich selbst ab!"

Dann aber, als der weit herum bekannte Professor Delgado, Spezialist für Transplantationen, und der eher diskret agierende CEO der Privatbank den ermittelnden Leuten an höchster Stelle von Rio Beine machten, interessierten sich plötzlich die Medien doch.

Die Aufklärungsrate der Morde in dieser Riesenstadt liegt aber bei etwa einem Prozent! Durchschnittlich geschehen auf hunderttausend Einwohner jährlich 60 Morde. Wenn man dies auf sechs bis sieben Millionen hochrechnet und bedenkt, dass in den Favelas der Durchschnitt weit höher liegt, so ergibt dies jedes Jahr die Einwohnerzahl einer kleinen oder mittelgrossen Stadt!

Wer will da konkrete Massnahmen ergreifen? Wer will die Rache der Drogenbarone auf sich ziehen? Nach einer gewissen Zeit flaute selbst in diesem brisanten Fall das Interesse der Öffentlichkeit wieder ab. Ja, im Gegenteil schwelte im Geheimen eine gewisse Schadenfreude, dass es auch mal die „Grossen" trifft. Vor allem in jener Zeit, in der der CEO der Bank zu Grabe getragen wurde. Es war für ihn zu spät trotz der heute doch schon beachtlichen Fortschritte in der Bekämpfung dieser Krankheit.

Bald überwucherten neue Holzschuppen, Blechhütten und Behausungen aus Karton und Wellblech die ehemalige Brandstätte.

„Das ist auch so ein Fall", meinte der ein wenig erholte Priester Engelhardt zu Manuel und Rosita! „Wir müssen mehr tun gegen alle diese Schweinereien! Und du Manuel, und auch du, Rosita, könntet manches bewegen! Hier nützen keine Predigten! Hier nützten nur ein grosses Herz und eine starke Hand!"

„Ich schicke euch beide zunächst mal in einen Erste-Hilfe-Kurs und in eine Ausbildung als Sanitäter! Ihr könnt als kleine Leute wirklich grosse werden. Totschiessen ist keine Kunst, Hilfeleisten aber schon!"

9

Allgemein versteht man unter dem Begriff „mit den Waffen einer Frau" schöne lange Beine, leuchtende und verführerische Augen und natürlich aufreizende Brüste und Po! Für manche ist es dies dann! Aber noch eher können Charme, Schalk oder gar List sowie eine gute Portion Geist und Intelligenz durchaus sehr verführerisch wirken.

Männer, die gerade davor etwas zurückschrecken, sollten sowieso von solchen Frauen nicht sonderlich beachtet werden. Äussere Schönheit ist grossartig, innere aber erst ergibt die richtige Ausstrahlung. Wer möchte denn nur eine Puppe sein?

Rosita wollte mit den „äusseren Waffen", die sie besitzt, nur „spielen", hingegen die „inneren Waffen" voll einsetzen bei der künftigen vielfältigen Arbeit.

Manuel meinte: „Wenn du oder ich mal getrennte Aufgabe erfüllen müssen und wir in eine Notlage irgendwelcher Art geraten, so gilt für uns am besten ein Codewort!"

„Gute Idee! Wie lautete der Code?"

„Maria!"

Überrascht bemerkte Rosita: „Du denkst immer noch an sie?"

„Aber nein, Maria heisst hier jede dritte Frau, und somit ist dieser Name überhaupt nicht verfänglich!"

„Verfänglich ist aber, dass du sofort darauf reagierst. Du denkst doch oft an sie!"

„Ich kann mein Gedächtnis und meine Erinnerung nicht ausschalten!"

„Ist ja gut! Die Frage ist einfach, ob dies reine Erinnerungen sind oder doch etwas mehr!"

„Rosita, so lange du bei mir bleibst, sind es wirklich nur Erinnerungen, die aber immer blasser werden. Erinnerungen aus einer anderen Zeit und aus einer anderen Welt!"

Aber die Welt ist heute zum Teil wirklich klein geworden. Eines Tages stand diese Maria, ursprünglich aus Portugal, vor ihrer Haustür. Etwas verwundert, wenn nicht gar erschrocken guckten Rosita und auch Manuel sie an.

„Ich will euch nicht lange stören", stotterte Maria etwas verlegen. „Aber ich habe meine Rache an meinen Peinigern in meinem Dorf in Portugal gestillt und musste darum wieder einmal mehr fliehen!"

„Das heisst also, du hast gemordet?", fragte Manuel mit drohender Stimme.

„Nein, ich habe mich gerächt! Tot ist keiner! Aber manchmal wäre man besser tot! Fragt einfach nicht wie und was war! Nun bin ich hier ohne Geldmittel und suche Arbeit. Bitte helft mir dabei, dann lasse ich euch in Ruhe!"

„Hier? Arbeit? Dass ich nicht lache! Weißt du wie viele Arbeitslose es in unserem Land gibt? Hier gibt es keine EU-Förderprogramme wie in Portugal!"

„Natürlich! Solche gibt es dort ja für den hintersten und letzten Einwohner! Ich habe mal geglaubt, dass Erlebnisse in grosser Not zusammenschweissen. Aber offenbar habe ich mich einmal mehr in Menschen getäuscht. Jeder schaut nur für sich! Adieu!"

„Halt!", gebot Manuel. „Maria, so war es nicht gemeint! Aber verstehe doch, dein plötzliches Auftauchen hier hat uns total überrumpelt und im Moment überfordert! Wir wollen in aller Ruhe über Möglichkeiten reden!"

„In aller Ruhe?", äffte Maria Manuel nach. „Solange deine Rosita vor Eifersucht platzt, ist es nicht weit her mit einer solchen Ruhe!"

„Jetzt nicht auch noch hier Weibergezänke! Das ist einfach zu idiotisch!", meinte Manuel richtig wütend. Und zu allem Übel verliess in diesem Moment Rosita blass und beleidigt den Raum.

10

Wie praktisch schon früher in manchen anderen Problemfällen fand sich auch hier bei Priester Engelhardt eine wenigstens vorübergehende Lösung! Er war dankbar für eine Pflegehilfe in der Person von Maria. Lohn konnte er natürlich kaum ausbezahlen. Aber Rosa fand bei ihm vorläufig eine Bleibe und ein Dach über dem Kopf.

Einmal meinte der todesschwache Priester zwinkernd zu Manuel: „Anscheinend ziehst du hübsche Frauen an wie das Licht die Motten! Pass auf, Junge, auch Maria ist in dich verknallt. Gibt es schon einen kleinen Krieg zwischen Rosita und ihr?"

„Wenn Blicke töten könnten, hätten wir augenblicklich hier in den Favelas zwei Tote mehr", erwiderte Manuel bitter. „Ich liebe Rosita und ich schätze Maria! Aber offenbar können oder wollen die Frauen solche Nuancen nicht erkennen!"

„Wie du dich geschliffen ausdrückst!", lächelte Engelhardt. „Du hast wirklich einiges gelernt in der weiten Welt! Aber ich verstehe dich‟"

„Schade, dass die Zeiten Salomos vorbei sind, der gemäss Überlieferung um die zweihundert Weibchen hütete; oder dass die früheren Gepflogenheiten bei den Moslems oder Mormonen nicht mehr praktiziert werden, die sich doch immerhin mit vier Frauen herumplagen durften! Aber bei mir zu Hause in Deutschland sagte man früher im Dorf, es sollten nicht mehr Weiber in einem Haushalt sein als Öfen! Haha, unsere Alten waren wirklich gar nicht so dumm, wenn auch nicht gebildet!"

Diese für seinen Gesundheitszustand lange Rede erschöpfte zwar Engelhardt, zauberte aber wieder mal ein leises Lächeln auf sein eingefallenes Gesicht!

„Übrigens Manuel, morgen habe ich wichtigen Besuch! Es kommt ein mir von früher bekannter Priester vorbei, ebenfalls aus dem deutschsprachigen Raum, genauer gesagt aus Salzburg in Österreich. Dieser hat der offiziellen Kirche auch den Rücken gekehrt und wirkt seit einiger Zeit hier unter den Menschen. Vielleicht kann er nach meinem Ableben zusätzlich auch hier für mich einspringen. Er hatte genug von grossartigen Kirchen, die immer leerer werden, und von pseudotheologischen Disputen bis zum Gehtnichtmehr!"

„Mein Freund, jetzt wird nicht gestorben! Du hast noch viel zu tun!", meinte Manuel etwas barsch, um seine Traurigkeit zu kaschieren.

„Ja, viel zu tun! Aber über die Zeitspanne unsere Arbeit bestimmt ein anderer!"

11

„So mein Freund, wir wollen dem Gevatter Tod wenn möglich ein Schnippchen schlagen!"

Dies meinte der neue sogenannte Befreiungstheologe Thomas Hühnerwadel (Namen gibt's in Österreich!) zu Engelhardt. Zwar war ihm trotz seines Auflehnens gegen manche Dogmen die Lehrerlaubnis als Priester noch nicht entzogen worden, es wurde ihm aber klar gemacht, vorläufig die Eucharistiefeier und andere Handlungen geweihter und autorisierter Geistlicher zu unterlassen, bis er sich selbst seiner Aufgabe und Verantwortung gegenüber Rom im Klaren geworden ist. Wen kümmert dies aber hier in den Favelas?

„Ich bin dem Tod schon einige Mal von der Schippe gesprungen, mein lieber Freund. Aber irgendeinmal gelingen diese Sprünge nicht mehr. Finde darum lieber Gefallen am neuen Job hier. Wie ich sehe, hast du sogar auch sehr Gefallen gefunden an unserer hübschen Maria. Ich sag dir eins: Hier kümmert sich niemand um den Zölibat!"

Bald lebten also Thomas und Maria zusammen wie Männlein und Weiblein. Ob da irgendeine Segensspendung zur Ehe stattgefunden hatte, das weiss ausser den Beteiligten vermutlich nur Gott. Aber die beiden wurden zu einer wirklichen Hilfe für viele Slumbewohner, und zwar für seelische und körperliche Probleme. Sie „sündigten" vermutlich auch, indem Maria die Pille nahm. Obschon beide liebend gern Kinder hätten, kamen sie zum Schluss: „Wir warten damit noch ein wenig! Allzu sehr wollen wir die offizielle Kirche nun doch auch nicht strapazieren!"

Ein weiterer Vorteil war, dass sich dadurch die „Gewitterwolken" zwischen Rosita und Maria verzogen, die Blitze sich einstellten und auch die rauen Winde sich legten.

Ist es nicht schön, wenn sich Probleme von selbst lösen, die eigentlich gar keine sein müssten?

Die beiden grundehrlichen, aber eben etwas eigenwilligen Geistlichen disputierten und diskutierten inzwischen tage- und nächtelang über die wahre Wahrheit, und ob es eine solche überhaupt gibt. Sie redeten sich zum Beispiel allein heiser über den Begriff Sekte, mit dem seit jeher alle und alles abgestempelt und verdammt wurde, was führenden Köpfen nicht in den Kram passt.

„Sekte, lateinisch ‚secta‘, heisst soviel wie ‚schneiden oder abtrennen‘!", konstatierte Engelhardt. „Folglich ist das Christentum aus dem Judentum als Sekte hervorgegangen. Die ersten Christen wurden auch als ‚Sekte der Nazarener‘ verschrien!

„Und die heutige Bedeutung heisst nun also ‚Irrlehre‘?", ergänzte Hühnerwadel. Was sind die Hauptmerkmale einer heutigen sogenannten Sekte? Einschränkung der Meinungsfreiheit, Personenkult um den oder die Anführer!"

„Merkst du was?", meinte Engelhardt zu Hühnerwadel!

„Ja, wenn es nicht zum Weinen wäre, so wäre es zum Lachen! Demnach zählt unsere liebe Mutter Kirche wirklich immer noch zu einer Sekte, verschreit aber gleichzeitig unsere innerkirchliche Bewegung als eine solche!"

„Zudem wird hier bei uns in den Favelas eine offiziell als Sekte betitelte Gemeinschaft tätig, deren Glaubensinhalte ich gar nicht unsympathisch finde. Aber darüber reden wir später!"

Nur, zu einem solchen Gespräch kam es nicht mehr, denn Engelhardt starb! Friedlich und würdevoll in einer absolut unwürdigen und friedlosen Umgebung.

12

Priester Engelhardts Tod war vorauszusehen, aber doch eine Tragödie in den Armenvierteln der Favelas. Sein Nachfolger hielt eine schlichte Trauerfeier mit vielen künstlichen Blumen, aber umso mehr echten Tränen der Trauernden. Die Beteiligung an der Trauerzeremonie war so gross, dass die offizielle Kirche vermutlich gestaunt hätte. Aber ob diese davon Kenntnis nahm?

Vielleicht schon, aber darüber sprachen vermutlich nicht mal der zuständige Bischof oder Kardinal. Man will doch nicht unbequem geschweige denn aufmüpfig sein.

„Nun wird unser Priester Engelhardt auch unseren Sohn nicht mehr taufen können", meinten Rosita und Manuel traurig. „Das war eigentlich sein letzter Wunsch. Vielleicht hätte er sich geärgert oder vielleicht gefreut über den eigenwilligen Namen, den wir ihm geben wollen: Ernesto Manuel Lisboa Como Lugano Sabato! Unser Sohn soll einen langen Namen erhalten, und zum andern einen Namen, den nur einer trägt in dieser Welt. Einen Namen, der uns stets erinnert an vieles in unserem Leben!"

„Vielleicht ist er uns eines Tages gar nicht dankbar für diesen Namen!"

„Wenn er so vernünftig wird wie wir, dann schon!"

„Es würde sich aber nicht gar schlecht machen, mein Herr zukünftiger und vernünftiger Vater, wenn wir vor oder zumindest nach seiner Geburt auch heiraten", konstatierte Rosita. „Oder muss man dich mit Gewalt in den Ehehimmel stossen?"

Priester Thomas Hühnerwadel sah die beiden auch ziemlich entgeistert und doch auch etwas belustigt an, als er das kleine schreiende Bündel auf diesen urkomischen Namen taufte. Und viele der Taufgäste waren ebenso etwas entgeistert und belustigt zugleich, als nach der feierlichen Taufe des Sohnes von Manuel und Rosita noch deren kirchliche Eheschliessung erfolgte.

„Schon eine verrückte Welt, in der wir leben!", meinten manche noch einigermassen frommen Gläubigen in den Slums. „Früher wären solche Leute aus der Kirche rausgeflogen und exkommuniziert worden. Aber wichtig ist doch, dass die beiden sehr viel Gutes tun. Und dies mit Taten und nicht nur mit Worten. Eigentlich ist das gelebtes Christentum!"

Ob mit einer solchen Einstellung die Strenggläubigen konform gehen würden? Was kümmert dies die Leute im Elend und in der Not, wenn sie dort dahinsterben wie die Fliegen. Und wenn der Staat und dessen Funktionäre, oft von hoher Geistlichkeit umgeben und mit ihr „geschmückt", bei Wirtschaftsprogrammen und Konjunkturspritzen, bei Gesundheits- Reformen und neuen Schulungsprogrammen geflissentlich über jene Massen hinwegblicken?

Alle? Nein, gewiss nicht alle! Aber immer noch viel zu viele!

13

Manuel und Rosita machten mit manchen meist ehrenamtlichen Helfern Unmögliches möglich. Wasseraufbereitungsanlagen sollten viele Krankheiten mindern oder gar ausrotten.

Was der unsägliche Schmutz, die Moskitoschwärme, Käfer- und Rattenkolonien, fehlende Hygiene, Unkenntnis über Abkochen gewisser Lebensmittel, um den Bakterienanfall zu mindern, sowie ein Dutzend andere Dinge bewirkten, war zwar im Moment nicht weltbewegend. Denn alles musste an der Basis angepackt werden. Mobile Spitalzelte mit den nötigsten medizinischen Mitteln und chirurgischem Besteck ausgerüstet, praktisch alles Gebrauchtartikel, aber immer noch funktiontüchtig, wurden mit nahezu missionarischem Eifer eingerichtet.

Ein bekannter Augenarzt, inzwischen ein Freund von Manuel, operierte sonst meist in bekannten Kliniken und in seiner eigenen hochmodernen Praxis in Rio, vor allem den grauen Star. Dieser ist ein grausam grassierendes Übel auch in den Favelas. Mit dem „Erlös" betuchter Patienten konnte Doktor Baltimore, ursprünglich ein Australier, in solchen mobilen OP-Zelten Dutzenden von Augenkranken gratis das Augenlicht retten.

Aber wie soll dies am Anfang der Menschheit gewesen sein, bei Kain und Abel? Der verdammte Neid! Dieser ist und bleibt, wie Sirach später sagte: „*Die Wurzel allen Übels!*"

Manuel und seine Hilfstruppe hatten nicht nur eine grosse dankbare Schar um sich, sondern zwei Sorten bitterböser und blöder Neider! Wer böser, blöder und arglistiger war, bleibe dahingestellt.

Bandenbosse sahen „ihre Felle davon schwimmen". Ja, sogar der Drogenhandel und dessen Konsum in den Favelas selbst nahmen ab. Hinzu kam da aber zum Beispiel ein sogenannter charismatischer „Halleluja-Prediger", der den Zulauf bei Priester Hühnerwadel in seiner Favelas-Kirche mit Argusaugen und eben mit Neid beobachtete.

Eines Tages besass dieser doch die bodenlose Frechheit, vor einem dieser OP-Zelte die Bibel zu schwingen und mit wahrer Donnerstimme zu „predigen": „Alle Krankheiten sind die Folgen euer Sünden! Darum tut zuerst Busse, bekennt eure Sünden und kommt mit mir und zu mir! Jesus Christus selbst sagte dazu: ‚Kranke habt ihr immer bei euch; aber mich habt ihr nicht immer bei euch'! Jetzt komme ich in seinem Namen und mahne euch zur Umkehr und zur Busse! Halleluja!"

Manuel packte ein heiliger Zorn, indem er diesen „Heilsbringer" anschrie: „Du bist nicht Jesus, du bist nur ein lumpiger Seelenfänger. Leute deines Gelichters machen die Religion kaputt!"

„Nein, ich bin nicht Jesus!", schrie dieser zurück, wild mit der Bibel fuchtelnd. Aber ich komme in seinem Auftrag zu den Verlorenen!"

„Ich komme auch im Namen und Auftrag von ihm", zischte Manuel nun zornesrot, riss dem Kerl die Bibel aus der Hand und schlug mit dem relativ dicken und stabilen Buch dem Halleluja-Menschen links und rechts um die Ohren und ins Gesicht, bis dieser blutete.

Dazu meinte er lakonisch: „Schönen Gruss von Jesus, der mich jetzt gesandt hat, dir dein Handwerk zu legen! Schade um die Bibel, die jetzt ziemlich kaputt ist!"

Zunächst war alles starr vor Schreck. Dann aber begann ein Gemurmel, ein Anschwellen der Stimmen, schliesslich ein Gelächter und ein Geklatsche sondergleichen von immer mehr herzuströmenden Schaulustigen.

„Seht ihr!", meinte Manuel, auf das OP-Zelt deutend, „das hier ist gelebtes Christentum! Und wenn die Leute dann wieder das Augenlicht zurückerhalten, dann gebe ich ihnen gerne auch eine Bibel zum Lesen! Halleluja!"

Der blutverschmierte Heilsprediger verliess das Feld mit der Bemerkung zu Manuel: „Geh zum Teufel! Dort gehörst du hin!"

Worauf dieser lakonisch meinte: „Geh mal voraus. Dein Platz dort ist schon angewärmt!"

Warum nur müssen Spinner immer wieder die Lehre der Evangelien mit persönlich erfundenem Unsinn verdrecken? Missgunst, Neid und eigene Machtgelüste!

14

Aber auch die zweite Kategorie Neider hatte es in sich. Gut, diese spielten nicht Gott und beanspruchten alleinige Wahrheit. Aber Wahn nach Grösse und Macht sowie eben dieser vermaledeite Neid verblendet auch deren Tun.

Wie hiess doch gleich früher einer der Erzrivalen Manuels in den Favelas? Natürlich: Amilcar Belisario! Dieser regierte nach Manuels Verschwinden ziemlich uneingeschränkt in einem nun doppelt so grossen Gebiet auf der Insel Governador. Und nun kehrte der verfluchte Manuel zurück, ausgestattet mit noch mehr Schlauheit, wie er dessen vermehrtem Wissen sagte. Seiner ersten glorreichen Tat, den Möchtegern-Nachfolger von Manuel auszuschalten, sollte nun die zweite folgen: Manuel selbst endgültig zum Schweigen und Verschwinden zu bringen.

„Da kommen also mit diesem Manuel Sabato und seinem Täubchen Rosita ein wirklich begehrenswertes Weib, also nicht einfach so eine Sextussi, auch noch moderne Medikusse und wer weiss für Alchemisten in mein Gehege. Genau solche Typen rauben mir die Macht und die Show! Sie untergraben meinen Einfluss. Also muss ich ein Exempel statuieren und zeigen, wer hier das Sagen hat!"

„Ich werde mit einigen meiner Dummen aber Treuen ein solches „Hexenzelt" zerstören!" fluchte Amilcar vor sich hin und sammelte seine Truppe.

Nach einem wüsten Durcheinander und einer wilden Zerstörungsaktion an einem Operationszelt, in dem sich aber einige Schlägertypen vor den blitzenden chirurgischen Geräten sogar etwas fürchteten und diese darum so weit wie möglich wegschmissen, tauchte in Windeseile Manuel bei Doktor Baltimore auf. Er erkannte blitzschnell Almicar und handelte!

Es gab nur eine ganz kurze und ziemlich einseitige Diskussion. „Du lebst also immer noch, Almicar? Schade, dass das grösste Ungeziefer und die ekligsten Kakerlaken meist ein längeres Leben haben!"

Es gab Haue, und was für eine! Manuel übertraf sogar seine früheren Glanzzeiten der Rauferei und brach Almicar den Unterkiefer. Auch wurde vermutlich sein empfindlichster und für ihn wichtigster Körperteil arg getroffen!

Als Doktor Baltimore, eigentlich Spezialist für Augenkrankheiten, notgedrungen nun sogar den gebrochenen Kiefer schiente und Schmerzmittel injizierte, den „anderen Körperteil" liess er bewusst weiter leiden, meinte Manuel etwas spöttisch zu Almicar:

„Deine Idioten haben das chirurgische Besteck ja im Umkreis eines Fussballfeldes zerstreut. Wir konnten kaum alles zusammensammeln, geschweige den sterilisieren. Wenn du also an Wundfieber und Infektionen eingehst, so bedanke dich dafür bei deinen Gesellen!"

Bei dieser Notoperation unter „Kriegsbedingungen" stellte übrigens Doktor Baltimore fest, dass auch Almicar an beginnendem grauen Star litt. Er war sogar bereit, diesen auch zu operieren. Gratis? „Aber nein, dieser Kerl bezahlt den dreifachen Preis und soll sein Drecksgeld hergeben für viele weitere arme Leute, denen dadurch geholfen werden kann!"

15

Was eigentlich nur unter Leidensgenossen und oft auch nur in Armenvierteln möglich ist: Priester Hühnerwadel, der Bandenboss Almicar, der Chirurg Baltimore, Manuel und Rosita, wurden Freunde! Ja, wirklich: echte Freunde. Vorurteile und Misstrauen wurden abgebaut, Ungereimtheiten durch ehrliche Gespräche und bei einem guten Schnaps ausgeräumt. Natürlich dauerte dies! Aber bei weitem nicht so lange wie manche offizielle Friedensverhandlungen und Gipfelkonferenzen auf höchster Ebene!

Baltimore genoss Einfluss in der Stadtregierung, denn er war Mitglied des Parlaments. Was zunächst unmöglich schien, wurde Realität: Manuel Sabato wurde ebenso ins Parlament gewählt. Dort ist er natürlich nur einer unter vielen, der im Moment wenig bewirken kann.

Aber wer weiss, vielleicht folgen weitere! Jedenfalls wenn Manuel als eher populistischer und trotzdem sympathischer Redner dort nach gewisser Zeit das Wort ergriff, blickten etliche Parlamentarier von ihrer Zeitung auf, klappten sogar mal den Laptop zusammen und legten das Handy diskret zur Seite. Einige sonst immer leere Sessel waren sogar besetzt. Ein Erfolg, den sonst nur wenige Redner für sich verbuchen können.

Mit der Zeit fuhren wenigstens in einem kleinen Teil der Insel Governador, sozusagen als Test, Bagger und Baumaschinen auf und schleiften eine ganze Anzahl Elendsbuden. Ingenieure, Fachleute und Bauarbeiter verschiedenster Gruppen errichteten ein Abwasser- und Kanalisationssystem und bauten eine ganze Anzahl kleiner Häuschen mit fliessendem Wasser und Elektrizitätsanschluss.

Sogar die „normale" Polizei hatte hier Zutritt und gewisse Befugnisse.

Nur, die menschliche Seele ist ein unerforschliches Ding. Alles hat einfach immer einen Haken. Denn mancher Bewohner der ehemaligen Favelas fühlte sich nicht recht wohl in den neuen Behausungen und sehnte sich zurück in die alten Bruchhütten, zu den alten Freunden. Einige zogen sogar weg und liessen ihr Haus, das zu einem minimalen Zins bewohnt werden konnte, leer zurück.

Und je besser es materiell und sogar gesellschaftlich manchen Leuten geht, desto mehr leeren sich die dortigen Kirchen. Liegt das weniger bei Gott und viel eher an seinem „Bodenpersonal"? Oft schon!

Trotzdem oder gerade darum: Manuel, Rosita und weitere „Engel ohne Flügel", aber mit dem Mut zum Beflügeln, machten weiter in ihrer Arbeit. Ein kleiner Lichtblick für manche Leute in einem Ameisenhaufen.

Kleine, aber doch grosse Frauen und Männer, die manchem Leben einen tieferen Sinn geben!

Da können auch vielleicht mit Absicht gesteuerte Pressemeldungen wie „Regierungsaktionen zur Verbesserung der Lebensbedingungen in den Vororten von Rio, genannt Favelas, zum Teil am Eigensinn der dortigen Bewohner gescheitert!", oder dann: „Ausgestreckter Arm der Regierung für Nothilfeprogramm nicht erfasst!" nichts ändern.

Irgendwann sollte alles etwas besser werden, denn die Hoffnung stirbt bekanntlich zuletzt.

Durchgreifende Änderungen sind nur mit dort wohnenden und lebenden willigen Helfern möglich!

Ja, leider gehen das Morden, der lukrative Rauschgifthandel, die Bandenkriege weiter.

Vielleicht aber um ein oder zwei Prozent weniger? Immerhin! Ist es nicht besser, als über Dunkelheit zu klagen, ein kleines Licht anzuzünden!?

Von F.U. Ricardo sind bei Book on Demands erschienen:

Paradies und Hölle in Ascona
ISBN 978-3-8370-6426-1, Paperback, 132 Seiten

Eifersucht
ISBN 978-3-8370-8259-3, Paperback, 196 Seiten

Drama am Weissfluhjoch und am Tafelberg
ISBN 978-3-8370-3567-4, Paperback, 180 Seiten

Der Raub des Luzerner Mädchens
ISBN 978-3-8370-3802-6, Paperback, 164 Seiten

Leuchttürme
ISBN 978-3-8391-1170-3, Paperback, 124 Seiten

Die Kerze
ISBN 978-3-8391-1882-5, Paperback, 164 Seiten

Brot und Salz
ISBN 978-3-8391-1612-8, Paperback, 140 Seiten

Nichts Neues! Wirklich?
ISBN 978-3-8391-1067-6, Paperback, 124 Seiten

Drei Welten, drei Leben
ISBN 978-3-8370-9983-6, Paperback, 220 Seiten

Schmelztiegel
ISBN 978-3-8391-0433-0, Paperback, 196 Seiten

Sehnsucht Puszta
ISBN 978-3-83914-148-9, Paperback, 140 Seiten

Wolken über der Toskana
ISBN 978-3-83914-431-2, Paperback, 140 Seiten

Reicht ein Quadratmeter?
ISBN 978-3-839-14807-5, Paperback, 136 Seiten